DANS LA MÊME COLLECTION

* Titres à paraître en janvier 1995.

Le blé en herbe

Colette

de l'académie Goncourt

Le blé en herbe

Roman

Librio

Texte intégral

Cette édition est publiée par EJL
avec l'aimable autorisation des Éditions Flammarion
© Ernest Flammarion, 1923
Renouvellements 1950, 1974

1

– Tu vas à la pêche, Vinca ?

D'un signe de tête hautain, la Pervenche, Vinca aux yeux couleur de pluie printanière, répondit qu'elle allait, en effet, à la pêche. Son chandail reprisé en témoignait, et ses espadrilles racornies par le sel. On savait que sa jupe à carreaux bleus et verts, qui datait de trois ans et laissait voir ses genoux, appartenait à la crevette et aux crabes. Et ces deux havenets sur l'épaule, et ce béret de laine hérissé et bleuâtre comme un chardon des dunes constituaient-ils une panoplie de pêche, oui ou non ?

Elle dépassa celui qui l'avait hélée. Elle descendit vers les rochers, à grandes enjambées de ses fuseaux maigres et bien tournés, couleur de terre cuite. Philippe la regardait marcher, comparant l'une à l'autre Vinca de cette année et Vinca des dernières vacances. A-t-elle fini de grandir ? Il est temps qu'elle s'arrête. Elle n'a pas plus de chair que l'autre année. Ses cheveux courts s'éparpillent en paille raide et bien dorée, qu'elle laisse pousser depuis quatre mois, mais qu'on ne peut ni tresser ni rouler. Elle a les joues et les mains noires de hâle, le cou blanc comme lait sous ses cheveux, le sourire contraint, le rire éclatant, et si elle ferme étroitement, sur une gorge absente, blousons et chandails, elle trousse jupe et culotte pour descendre à l'eau, aussi haut qu'elle peut, avec une sérénité de petit garçon...

Le camarade qui l'épiait, couché sur la dune à longs poils d'herbe, berçait sur ses bras croisés son menton fendu d'une fossette. Il compte seize ans et demi, puisque Vinca atteint ses quinze ans et demi. Toute leur enfance les a unis, l'adolescence les sépare. L'an passé, déjà, ils échangeaient des répliques aigres, des horions sournois ; maintenant le silence, à tout moment, tombe entre eux si lourdement qu'ils préfèrent une bouderie à l'effort de la conversation. Mais Philippe, subtil, né pour la chasse et la tromperie, habile de mystère son mutisme, et s'arme de tout ce qui le gêne. Il ébauche des gestes désabusés, risque des « À quoi bon ?... Tu ne peux pas comprendre... », tandis que Vinca ne sait que se taire, souffrir de ce qu'elle tait, de ce qu'elle voudrait apprendre, et se raidir contre le précoce, l'impérieux instinct de tout donner, contre la crainte que Philippe, de jour en jour changé, d'heure en heure plus fort, ne rompe la frêle amarre qui le ramène, tous les ans, de juillet en octobre, au bois touffu incliné sur la mer, aux rochers chevelus de fucus noir. Déjà il a une manière funeste de regarder son amie fixement, sans la voir, comme si Vinca était transparente, fluide, négligeable...

C'est peut-être l'an prochain qu'elle tombera à ses pieds et qu'elle lui dira des paroles de femme : « Phil ! ne sois pas méchant... Je t'aime, Phil, fais de moi ce que tu voudras... Parle-moi, Phil... » Mais cette année elle garde encore la dignité revêche des enfants, elle résiste, et Phil n'aime pas cette résistance.

Il regardait la plate et gracieuse fille, qui descendait à cette heure vers la mer. Il n'avait pas plus l'envie de la caresser que de la battre, mais il la voulait confiante, promise à lui seul, et disponible comme ces trésors dont il rougissait – pétales séchés, billes d'agate, coquilles et graines, images, petite montre d'argent...

– Attends-moi, Vinca ! Je vais à la pêche avec toi ! cria-t-il.

Elle ralentit le pas sans se retourner. Il l'atteignit en quelques bonds et s'empara d'un des havenets.

– Pourquoi en avais-tu pris deux ?

– J'ai pris la petite poche pour les trous étroits, et mon havenet à moi, comme d'habitude.

Il plongea dans les yeux bleus son plus doux regard noir :

– Alors ce n'était pas pour moi ?

En même temps il lui offrait la main pour franchir le mauvais couloir de rochers, et le sang monta sous le hâle des joues de Vinca. Un geste nouveau, un regard nouveau suffisaient à la confondre. Hier, ils battaient les falaises, sondaient les trous côte à côte – à chacun son risque... Aussi leste que lui, elle ne se souvenait pas d'avoir requis l'aide de Phil...

– Un peu de douceur, Vinca ! pria-t-il en souriant, parce qu'elle a retiré sa main d'un trop grand geste anguleux. Qu'est-ce que tu as donc contre moi ?

Elle mordit ses lèvres, fendillées par les plongeons quotidiens, et chemina sur les rochers hérissés de balanes. Elle réfléchissait et se sentait pleine de doute. Qu'a-t-il donc lui-même ? Le voici prévenant, charmant, et il vient de lui offrir la main comme à une dame... Elle abaissa lentement la poche de filet dans une cavité où l'eau marine, immobile, révélait des algues, des holothuries, des « loups », rascasses tout en tête et en nageoires, des crabes noirs à passepoils rouges et des crevettes... L'ombre de Phil obscurcit la flaque ensoleillée.

– Ôte-toi donc ! Tu mets ton ombre sur les crevettes, et puis c'est à moi, ce grand trou-là !

Il n'insista pas et elle pêcha toute seule, impatiente, moins adroite que de coutume. Dix crevettes, vingt crevettes échappèrent à son coup de filet trop brusque, pour se tapir dans des fissures d'où leurs barbes fines tâtent l'eau et narguent l'engin...

– Phil ! Viens, Phil ! C'en est rempli, de crevettes, et elles ne veulent pas se laisser prendre !

Il approcha, nonchalant, se pencha sur le petit abîme pullulant :

– Naturellement ! C'est que tu ne sais pas...

– Je sais très bien, cria Vinca aigrement, seulement je n'ai pas la patience.

Phil enfonça le havenet dans l'eau et le tint immobile.

– Dans la fente de rocher, chuchota Vinca derrière son épaule, il y en a de belles, belles... Tu ne vois pas leurs cornes ?

– Non. Ça n'a pas d'importance. Elles viendront bien.

– Tu crois ça !

– Mais oui. Regarde.

Elle se pencha davantage, et ses cheveux battirent, comme une aile courte et prisonnière, la joue de son compagnon. Elle recula, puis revint d'un mouvement insensible, pour reculer encore. Il ne parut pas s'en apercevoir, mais sa main libre attira le bras nu, hâlé et salé, de Vinca.

– Regarde, Vinca... La plus belle, qui vient...

Le bras de Vinca, qu'elle déroba, glissa jusqu'au poignet dans la main de Phil comme dans un bracelet, car il ne le serrait pas.

– Tu ne l'auras pas, Phil, elle est repartie...

Pour suivre mieux le jeu de la crevette, Vinca rendit son bras, jusqu'au coude, à la main demi-fermée. Dans l'eau verte, la longue crevette d'agate grise tâtait du bout des pattes, du bout des barbes, le bord du havenet. Un coup de poignet, et... Mais le pêcheur tardait, savourant peut-être l'immobilité du bras docile à sa main, le poids d'une tête voilée de cheveux qui s'appuya, un moment vaincue, à son épaule, puis s'écarta, farouche...

– Vite, Phil, vite, relève le filet !... Oh ! elle est partie ! Pourquoi l'as-tu laissée partir ?

11

Phil respira, laissa tomber sur son amie un regard où l'orgueil, étonné, méprisait un peu sa victoire ; il délivra le bras mince, qui ne réclamait point sa liberté, et brouillant, à coups de havenet, toute la flaque claire :

– Oh ! elle reviendra... Il n'y a qu'à attendre...

2

Ils nageaient côte à côte, lui plus blanc de peau, la tête noire et ronde sous ses cheveux mouillés, elle brûlée comme une blonde, coiffée d'un foulard bleu. Le bain quotidien, joie silencieuse et complète, rendait à leur âge difficile la paix et l'enfance, toutes deux en péril. Vinca se coucha sur le flot, souffla de l'eau en l'air comme un petit phoque. Le foulard tordu découvrait ses oreilles roses et délicates, que les cheveux abritaient pendant le jour, et des clairières de peau blanche aux tempes qui ne voyaient la lumière qu'à l'heure du bain. Elle sourit à Philippe, et sous le soleil de onze heures le bleu délicieux de ses prunelles verdit un peu au reflet de la mer. Son ami plongea brusquement, saisit un pied de Vinca et la tira sous la vague. Ils « burent » ensemble, reparurent crachant, soufflant, et riant comme s'ils oubliaient, elle ses quinze ans tourmentés d'amour pour son compagnon d'enfance, lui ses seize ans dominateurs, son dédain de joli garçon et son exigence de propriétaire précoce.

– Jusqu'au rocher ! cria-t-il en fendant l'eau.

Mais Vinca ne le suivit pas, et gagna le sable proche.

– Tu t'en vas déjà ?

Elle arracha son bonnet comme si elle se scalpait, et secoua ses raides cheveux blonds.

– Un monsieur qui vient déjeuner ! Papa a dit qu'on s'habille !

Elle courait, toute mouillée, grande et garçonnière, mais fine, avec de longs muscles discrets. Un mot de Phil l'arrêta.

– Tu t'habilles ? Et moi ? Je ne peux pas déjeuner en chemise ouverte, alors ?

– Mais si, Phil ! Tout ce que tu veux ! D'ailleurs, tu es beaucoup mieux, décolleté !

Le petit masque mouillé et hâlé, les yeux de la Pervenche exprimèrent tout de suite l'angoisse, la supplication, un revêche désir d'être approuvée. Il se tut avec morgue et Vinca gravit le pré de mer fleuri de scabieuses.

Phil grommela, tout seul, en battant l'eau. Il se souciait peu des préférences de Vinca. « Je suis toujours assez beau pour elle... D'ailleurs, elle n'est jamais contente, cette année ! »

Et l'apparente contradiction de ses deux boutades le fit sourire. Il se renversa à son tour sur la vague, laissa l'eau salée emplir ses oreilles d'un silence grondant. Un petit nuage couvrant le soleil haut, Phil ouvrit les yeux et vit passer au-dessus de lui les ventres ombrés, les grands becs effilés et les pattes sombres, repliées en plein vol, d'un couple de courlis.

« Fichue idée, se disait Philippe. Non, mais, qu'est-ce qui lui a pris ? Elle a l'air d'un singe habillé. Elle a l'air d'une mulâtresse qui va communier... »

À côté de Vinca, une petite sœur, à peu près pareille, ouvrait des yeux bleus dans un rond visage cuit, sous des cheveux blonds en chaume raide, et appuyait sur la nappe, à côté de l'assiette, des poings clos d'enfant bien élevée. Deux robes blanches pareilles habillaient la grande et la petite, repassées, empesées, en organdi à volants.

« Un dimanche à Tahiti, railla Philippe en lui-même. Je ne l'ai jamais vue si laide. »

La mère de Vinca, le père de Vinca, la tante de Vinca, Phil et ses parents, le Parisien de passage cernaient la table de chandails verts, de blazers rayés, de vestons en tussor. La villa, louée tous les ans par les deux familles amies, sentait ce matin la brioche chaude et l'encaustique. L'homme grisonnant, venu de Paris, représentait, parmi ces baigneurs bariolés et ces enfants noircis, l'étranger délicat, pâle et bien vêtu.

– Comme tu changes, petite Vinca ! dit-il à la jeune fille.

– Parlons-en, marmotta Phil, hargneux.

L'étranger se pencha vers la mère de Vinca pour lui avouer à mi-voix :

– Elle devient ravissante ! Ravissante ! Dans deux ans... vous la verrez !

Vinca entendit, jeta un vif regard féminin sur l'étranger, et sourit. La bouche pourpre se fendit sur une lame de dents blanches, les prunelles, bleues comme la fleur dont elle portait le nom, se voilèrent de cils blonds, et Phil lui-même fut ébloui. « Eh !... qu'est-ce qu'elle a ? »

14

Dans le hall tendu de toile, Vinca servit le café. Elle évoluait roidement et sans heurt, avec une sorte de charme acrobatique. Un coup de vent ayant bousculé la table fragile, Vinca retint du pied une chaise renversée, du menton un napperon de dentelle qui s'envolait, et ne cessa point de verser, en même temps, un jet impeccable de café dans une tasse.

– Voyez-la ! s'extasia l'étranger.

Il la traita de « tanagra », l'obligea à goûter de la chartreuse, lui demanda les noms des amoureux qu'elle désolait au casino de Cancale...

– Ah ! ah ! le casino de Cancale ! Mais il n'y a pas de casino à Cancale !

Elle riait, montrant le demi-cercle solide de toutes ses dents, virait comme une ballerine sur la pointe de ses souliers blancs. La ruse lui venait, avec la coquetterie ; elle ne tournait pas son regard vers Philippe qui, sombre derrière le piano et le grand bouquet de chardons planté dans un seau de cuivre, la contemplait.

« Je m'étais trompé, s'avoua-t-il. Elle est très jolie. Voilà du nouveau ! »

Comme l'étranger, au son du phonographe, proposait à Vinca de lui apprendre le *balancello*, Philippe se glissa dehors, courut vers la plage et tomba en boule dans un creux de dune, où il mit sa tête sur ses bras et ses bras sur ses genoux. Une Vinca nouvelle, pleine d'insolence voluptueuse, persistait sous ses paupières fermées, Vinca coquette, bien armée, accrue tout à coup d'une chair ronde, Vinca méchante et rebelle à souhait.

– Phil ! mon Phil ! Je te cherchais... Qu'est-ce que tu as ?

La séductrice, haletante, était auprès de lui, et lui tirait ingénument les cheveux à poignée pour l'obliger à relever le front.

– Je n'ai rien, dit-il d'une voix enrouée.

Il ouvrit les yeux avec crainte. Agenouillée dans le sable, elle froissait ses dix volants d'organdi et se traînait comme une squaw.

– Phil ! je t'en prie, ne sois pas fâché... Tu as quelque chose contre moi... Phil, tu sais bien que je t'aime mieux que tout le monde. Parle-moi, Phil.

Il cherchait sur elle la splendeur éphémère qui l'avait irrité. Mais ce n'était plus qu'une Vinca consternée, une adolescente chargée, trop tôt, de l'humilité, des maladresses, de la morne obstination du véritable amour... Il lui arracha sa main qu'elle baisait :

– Laisse-moi ! Tu ne comprends pas, tu ne comprends jamais rien !... Lève-toi, voyons !

Et il cherchait, lissant la robe froissée, nouant le ruban de la ceinture, calmant les raides cheveux dressés dans le vent, il cherchait à remodeler sur elle la forme de la petite idole entrevue...

3

– Les vacances, à présent, c'est l'affaire d'un mois et demi, quoi !...

– Un mois, dit Vinca. Tu sais bien que je serai le 20 septembre à Paris.

– Pourquoi ? Ton père est libre jusqu'au 1er octobre, tous les ans. \

– Oui, mais maman et moi, et Lisette, nous n'avons pas trop de temps, du 20 septembre au 4 octobre, pour les affaires d'automne – une robe pour aller au cours, un manteau, un chapeau pour moi, et la même chose pour Lisette... Je voulais dire nous, les femmes, enfin...

Phil, couché sur le dos, jeta des poignées de sable en l'air.

– Ah ! la la... « Vous, les femmes... » Vous en faites des embarras, pour tout ça !

– Il faut bien... Toi, tu trouves ton complet préparé sur ton lit. Tu t'occupes juste de tes chaussures, parce que tu les achètes chez un marchand où ton père te défend d'aller ; le reste, ça te pousse tout seul. C'est bien commode, vous, les hommes !...

Philippe s'assit d'un coup de reins, prêt à répondre à l'ironie. Mais Vinca ne se moquait pas. Elle cousait, bordant d'un feston rose une robe en crépon du même bleu que ses yeux. Ses cheveux blonds, taillés à la Jeanne d'Arc, allongeaient lentement. Elle les divisait quelquefois sur la nuque, et liait de rubans bleus deux courts balais couleur de blé, au long de chaque joue. Depuis le déjeuner, elle avait perdu un de ses rubans, et la moitié de sa chevelure battait, en rideau déployé, la moitié de son visage.

Philippe fronça les sourcils :

– Dieu, que tu es mal peignée, Vinca ! ⋅

Elle rougit sous son hâle de vacances et lui jeta un humble regard en repoussant ses cheveux derrière l'oreille :

– Je sais bien... Je serai mal coiffée tant que mes cheveux seront trop courts. Cette coiffure-là, c'est en attendant...

– La laideur temporaire, ça t'est égal... dit-il durement.

– Je te jure que non, Phil.

Honteux de tant de douceur, il se tut, et elle leva sur lui des yeux étonnés, car elle n'attendait point de mansuétude. Lui-même crut à une trêve passagère de susceptibilité et s'apprêta aux reproches, aux sarcasmes enfantins, à ce qu'il appelait « l'humeur lévrière » de sa petite compagne. Mais elle sourit mélancoliquement, d'un sourire errant qui s'adressait à la mer calme, au ciel où le vent haut dessinait des fougères de nuages.

– J'ai, au contraire, très envie d'être jolie, je t'assure. Maman dit que je peux encore le devenir, mais qu'il faut patienter.

Ses quinze ans fiers et gauches, entraînés à la course, salés, durcis, maigres et solides, la rendaient souvent pareille à une houssine cinglante et cassante, mais ses yeux d'un bleu incomparable, sa bouche simple et saine étaient des œuvres achevées de la grâce féminine.

– Patienter, patienter...

Phil se leva, gratta du bout de son espadrille la dune sèche, perlée de petits escargots vides. Un mot détesté venait d'empoisonner sa sieste heureuse de lycéen en vacances, dont les seize ans vigoureux s'accommodaient d'oisiveté, de langueur immobile, mais que l'idée d'attente, de passive évolution exaspérait. Il tendit les poings, bomba sa poitrine demi-nue, défia l'horizon :

– Patienter ! Vous n'avez que ce mot-là à la bouche, tous ! Toi, mon père, mes « profs »... Ah ! bon Dieu !...

Vinca cessa de coudre, pour admirer son compagnon harmonieux que l'adolescence ne déformait pas. Brun, blanc, de moyenne taille, il croissait lentement et ressemblait, depuis l'âge de quatorze ans, à un petit homme bien fait, un peu plus grand chaque année.

– Et que faire d'autre, Phil ? Il faut bien. Tu crois toujours que, de tendre les deux bras et de jurer : « Ah ! bon Dieu », ça y changera quelque chose. Tu ne seras pas plus malin que les autres. Tu te représenteras à ton bachot et, si tu as de la chance, tu seras reçu...

– Tais-toi ! cria-t-il. Tu parles comme ma mère !

– Et toi comme un enfant ! Qu'est-ce que tu espères donc, mon pauvre petit, avec ton impatience ?

Les yeux noirs de Philippe la haïssaient, parce qu'elle l'avait appelé « mon pauvre petit ».

– Je n'espère rien ! dit-il tragiquement. Je n'espère surtout pas que tu me comprennes ! Tu es là, avec ton feston rose, ta

18

rentrée, ton cours, ton petit train-train... Moi, rien que l'idée que j'ai seize ans et demi bientôt...

Les yeux de la Pervenche, étincelants de larmes d'humiliation, réussirent à rire :

– Ah ! oui ? Tu te sens le roi du monde, parce que tu as seize ans, n'est-ce pas ? C'est le cinéma qui te fait cet effet-là ?

Phil la prit par l'épaule, la secoua en maître :

– Je te dis de te taire ! Tu n'ouvres la bouche que pour dire une bêtise... Je crève, entends-tu, je crève à l'idée que je n'ai que seize ans ! Ces années qui viennent, ces années de bachot, d'examens, d'institut professionnel, ces années de tâtonnements, de bégaiements, où il faut recommencer ce qu'on rate, où on remâche deux fois ce qu'on n'a pas digéré, si on échoue... Ces années où il faut avoir l'air, devant papa et maman, d'aimer une carrière pour ne pas les désoler, et sentir qu'eux-mêmes se battent les flancs pour paraître infaillibles, quand ils n'en savent pas plus que moi sur moi... Oh ! Vinca, Vinca, je déteste ce moment de ma vie ! Pourquoi est-ce que je ne peux pas tout de suite avoir vingt-cinq ans ?

Il rayonnait d'intolérance et d'une sorte de désespoir traditionnel. La hâte de vieillir, le mépris d'un temps où le corps et l'âme fleurissent changeaient en héros romantique cet enfant d'un petit industriel parisien. Il tomba assis aux pieds de Vinca et continua à se lamenter :

– Tant d'années encore, Vinca, pendant lesquelles je ne serai qu'à peu près homme, à peu près libre, à peu près amoureux !

Elle posa sa main sur les cheveux noirs que le vent rebroussait, au niveau de ses genoux, et contint tout ce qu'une sagesse de femme agitait en elle. « À peu près amoureux ? On peut donc n'être qu'à peu près amoureux ?... »

Phil se tourna violemment vers son amie.

– Toi, toi, qui supportes tout ça, qu'est-ce que tu comptes faire ?

Sous le noir regard, elle reprit sa petite figure incertaine :

– Mais la même chose, Phil... Je ne passe pas mon bachot, moi.

– Tu seras quoi ? Tu te décides, ou non, pour le dessin industriel ? Ou la pharmacie ?

– Maman a dit...

Il rua de colère comme un poulain, sans se lever :

– « Maman a dit... ! » Oh ! quelle graine d'esclave ! Qu'est-ce qu'elle a dit, « maman » ?

– Elle a dit, répéta Vinca docilement, qu'elle a des rhumatismes, que Lisette n'a que huit ans, et que sans aller chercher si loin j'ai de quoi m'occuper chez nous, que bientôt je

tiendrai les comptes de la maison, je devrai diriger l'éducation de Lisette, les domestiques, tout ça enfin...

– Tout ça ! Trois fois rien !

– ... Que je me marierai...

Elle rougit, sa main quitta les cheveux de Philippe, et elle
sembla espérer un mot qu'il ne prononça pas.

– ... Enfin que, jusqu'à ce que je me marie, j'ai de quoi
m'occuper...

Il se retourna, la toisa avec dédain.

– Et ça te suffit ? Ça te suffit pour... voyons, cinq, six ans,
peut-être plus ?

Les yeux bleus vacillèrent, mais ne se détournèrent pas.

– Oui, Phil, en attendant... Puisqu'on n'a que quinze et
seize ans... Puisqu'on est forcés d'attendre...

Il reçut le choc du mot détesté et faiblit. Encore une fois la
simplicité de sa petite compagne et la soumission qu'elle
osait avouer, cette manière femelle de révérer des lares
anciens et modestes, le laissaient muet, déçu, mais vaguement apaisé. Eût-il accepté Vinca exubérante, le nez tourné
vers l'aventure et piétinant, comme une cavale à l'entrave,
devant le long et dur passage de l'adolescence ?...

Il appuya sa tête contre la robe de son amie d'enfance. Les
genoux fins tressaillirent et se serrèrent, et Philippe songea,
avec une fougue soudaine, à la forme charmante de ces
genoux. Mais il ferma les yeux, livra le poids confiant de sa
tête et demeura là, en attendant...

4

Phil atteignit le premier le chemin – deux ornières de sable sec, mobile comme une onde, un talus médian d'herbe rare et rongée de sel – par où les charrettes viennent chercher le goémon, après les grandes marées. Il s'appuyait sur les perches des deux havenets et portait en bandoulière les deux paniers à crevettes, mais il avait abandonné à Vinca les deux minces gaffes appâtées de poisson cru et son blazer de pêche, loque précieuse amputée de ses manches. Il s'accorda un repos bien gagné, et consentit à attendre sa petite compagne fanatique qu'il venait d'abandonner dans le désert de rocs, de flaques et d'algues que découvrait la grande marée d'août. Il la chercha des yeux avant de se laisser glisser au creux du chemin. En bas de la plage déclive, parmi les feux de cent petits miroirs d'eau d'où rejaillissait le soleil, un béret de laine bleue, décoloré comme un chardon des dunes, marquait la place où Vinca, obstinée, cherchait encore la crevette et le tourteau rosé.

– Si ça l'amuse !... souffla Philippe.

Il se laissa glisser, épousa délicieusement, de son torse nu, l'ornière de sable frais. Près de sa tête, il entendait dans les paniers le chuchotement humide d'une poignée de crevettes et le grattement intelligent des pinces d'un gros crabe contre le couvercle...

Phil soupira, atteint d'un bonheur vague et sans tache auquel la fatigue agréable, la vibration de ses muscles encore tendus par l'escalade, la couleur et la chaleur d'un après-midi breton chargé de vapeur saline versaient, chacune, leur part. Il s'assit, les yeux éblouis par le ciel laiteux qu'ils avaient contemplé et revit avec surprise le bronze nouveau de ses jambes, de ses bras – bras et jambes de seize ans, minces, mais d'une forme pleine d'où le muscle sec n'avait pas encore émergé et qui pouvaient enorgueillir une jeune fille autant qu'un jeune homme. Il essuya, de la main, sa cheville qui saignait, écorchée, et lécha sur sa main le sang et l'eau marine qui mêlaient leur sel.

La brise, soufflant de terre, sentait le regain fauché, l'étable, la menthe foulée ; un rose poussiéreux, au ras de la mer, remplaçait peu à peu le bleu immuable qui régnait depuis le matin. Philippe ne sut pas se dire : « Il est peu d'heures dans la vie où le corps content, les yeux récompensés et le cœur léger, retentissant, presque vide, reçoivent en un moment tout ce qu'ils peuvent contenir, et je me souviendrai de celle-ci » ; mais il suffit pourtant d'une clarine fêlée et de la voix du chevreau qui la balançait à son cou, pour que les coins de sa bouche tressaillissent d'angoisse, et que le plaisir emplît ses yeux de larmes. Il ne se tourna pas vers les rochers mouillés où errait son amie, et de son émotion pure ne s'exhala point le nom de Vinca ; un enfant de seize ans ne saurait appeler, au secours d'un délice inespéré, une autre enfant, peut-être pareillement chargée.

– Hep ! petit !

La voix qui l'éveilla était jeune, autoritaire. Phil se tourna, sans se lever, vers une dame tout de blanc vêtue qui enfonçait, à dix pas de lui, ses hauts talons blancs et sa canne dans le chemin du goémon.

– Dis-moi donc, petit, je ne peux pas mener mon auto plus loin dans ce chemin-là, n'est-ce pas ?

Par politesse, Philippe se leva, s'approcha, et ne rougit que quand il fut debout, en sentant sur son torse nu le vent rafraîchi et le regard de la dame en blanc, qui sourit et changea de ton.

– Pardon, monsieur... je suis sûre que mon chauffeur s'est trompé. J'ai eu beau l'avertir... Cette route finit en sentier et ne va que vers la mer, n'est-ce pas ?

– Oui, madame. C'est le chemin du goémon.

– Du Goémon ? Et à quelle distance se trouve le Goémon ?

Phil n'eut pas le temps de retenir un éclat de rire que la dame blanche imita complaisamment :

– J'ai dit quelque chose de drôle ? Prenez garde, je vais vous tutoyer : vous paraissez douze ans, quand vous riez.

Mais elle le regardait dans les yeux, comme un homme.

– Madame, le goémon, ce n'est pas le Goémon, c'est... c'est du goémon.

– Lumineuse explication, approuva la dame blanche, et dont je vous suis bien obligée.

Elle raillait d'une manière virile, condescendante, qui avait le même accent que son regard tranquille, et Philippe se sentit tout à coup fatigué, penchant et faible, paralysé par une de ces crises de féminité qui saisissent un adolescent devant une femme.

– Vous avez fait bonne pêche, monsieur ?

– Non, madame, pas beaucoup... C'est-à-dire... Vinca a plus de crevettes que moi...

– Qui est Vinca ? Votre sœur ?

– Non, madame, c'est une amie.

– Vinca... Un nom étranger ?

– Non... C'est-à-dire... Ça signifie Pervenche.

– Une amie de votre âge ?

– Elle a quinze ans. J'en ai seize.

– Seize ans... répéta la dame blanche.

Elle ne fit aucun commentaire, et ajouta un moment après :

– Vous avez du sable sur la joue.

Il s'essuya la joue avec emportement, à s'écorcher la peau, puis son bras retomba. « Je ne sens plus mes bras, songea-t-il. Je crois que je vais me trouver mal... »

La dame blanche délivra Philippe de son regard tranquille et sourit :

– Voici Vinca, dit-elle en désignant le tournant du chemin où la jeune fille apparaissait, halant un filet à cadre de bois et le veston de Philippe. Au revoir, monsieur ?...

– Phil, dit-il machinalement.

Elle ne lui tendit pas la main et le salua d'un signe de tête deux ou trois fois répété, comme une femme qui répond « oui, oui », à une pensée cachée. Elle n'était pas encore hors de vue quand Vinca accourut.

– Phil ! Qu'est-ce que c'est que cette dame ?

Des épaules et de tout le visage, il exprima qu'il n'en savait rien.

– Tu ne la connais pas et tu lui parles ?

Phil toisa sa petite amie avec une malice qui renaissait en lui et secouait un joug passager. Il percevait joyeusement leur âge, leur amitié déjà troublée, son propre despotisme et la dévotion hargneuse de Vinca. Ruisselante, elle montrait des genoux meurtris de saint Sébastien, parfaits sous leur épiderme balafré ; des mains d'aide-jardinier ou de mousse ; un mouchoir verdi la cravatait et son blouson sentait la moule crue. Son vieux béret poilu ne luttait plus avec le bleu de ses yeux et, sauf ces yeux anxieux, jaloux, éloquents, elle ressemblait à un collégien déguisé pour une charade. Phil se mit à rire et Vinca frappa du pied en lui jetant son blazer à la figure :

– Veux-tu me répondre ?

Il passa nonchalamment ses bras nus dans les emmanchures vides du veston.

– Bête, va ! C'est une dame avec son auto, qui se trompait de route. Un peu plus, l'auto s'enlisait ici. Je l'ai renseignée.

– Ah...

Assise, Vinca vidait ses espadrilles d'où pleuvaient les graviers mouillés.

– Et pourquoi est-ce qu'elle est partie si vite, juste au moment où je venais ?

Philippe prit son temps avant de répondre. Il goûta de nouveau, en secret, l'assurance sans gestes, le ferme regard de l'inconnue, et son sourire méditatif. Il se souvint qu'elle l'appelait « monsieur » gravement. Mais il se souvint aussi qu'elle avait dit « Vinca » tout court, d'une manière trop familière et un peu injurieuse. Il fronça les sourcils et son regard protégea l'innocent désordre de son amie. Il rêva un moment et trouva une réponse ambiguë qui satisfaisait en même temps son goût du secret romanesque et sa pudibonderie de jeune bourgeois :

– Elle a aussi bien fait, répondit-il.

5

Il essaya de la prière :

– Vinca ! regarde-moi ! Donne-moi la main... Pensons à autre chose !

Elle se détourna vers la fenêtre et retira doucement sa main :

– Laisse-moi. Je suis découragée.

La grande marée d'août amenant la pluie emplissait la fenêtre. La terre finissait là, à la lisière du pré sableux. Encore un effort du vent, encore un soulèvement du champ gris labouré d'écumes parallèles, et la maison, sans doute, voguerait comme une arche... Mais Phil et Vinca connaissaient la marée d'août et son tonnerre monotone, la marée de septembre et ses chevaux blancs échevelés. Ils savaient que ce bout de prairie demeurait infranchissable, et leur enfance avait nargué, tous les ans, les lanières savonneuses qui dansaient, impuissantes, au bord rongé de l'empire des hommes.

Phil rouvrit la porte vitrée, la referma avec effort, fit tête au vent et tendit son front à la pluie fine, vannée par la tempête, la douce pluie marine un peu salée qui voyageait dans l'air comme une fumée. Il ramassa sur la terrasse les boules cloutées d'acier et le cochonnet de buis, abandonnés le matin, les tambourins et les balles de caoutchouc. Il rangea dans une resserre ces jouets qui ne l'amusaient plus, comme on range les pièces d'un déguisement qui doit servir longtemps. Derrière la fenêtre, les yeux de la Pervenche le suivaient, et les gouttes glissantes le long de la vitre semblaient ruisseler de ces yeux anxieux, d'un bleu qui ne dépendait ni de l'étain jaspé du ciel ni du plomb verdi de la mer.

Phil plia les fauteuils de bois, retourna la table en rotin. Il ne souriait pas, en passant, à sa petite amie. Depuis longtemps ils n'avaient plus besoin de se sourire pour se plaire, et rien aujourd'hui ne les conduisait à la joie.

« Encore quelques jours, trois semaines », se dit Phil. Il essuya le sable de ses mains à une touffe de serpolet mouillé, chargée de fleurs et de petits frelons saisis par la pluie, qui attendaient, engourdis, le prochain rayon. Il respira sur ses paumes le frais parfum chaste, et résista à une vague de faiblesse, de douceur, à une tristesse d'enfant de dix ans. Mais il regarda contre la vitre, entre les longues larmes de la pluie et les corolles tournoyantes des volubilis défaits, le visage de Vinca, ce visage de femme qu'elle ne montrait qu'à lui, et qu'elle cachait à tous derrière ses quinze ans de jeune fille raisonnable et gaie.

Une éclaircie retint l'averse dans la nue, entrouvrit au-dessus de l'horizon une plaie lumineuse, d'où s'épanouit un éventail renversé de rayons, d'un blanc triste. L'âme de Philippe s'élança au-devant de cette trêve, quêtant le bienfait, la détente que ses seize ans tourmentés revendiquaient naïvement. Mais, tourné vers la mer, il sentait derrière lui la fenêtre fermée et Vinca appuyée à la vitre.

« Encore quelques jours, se répéta-t-il. Et nous serons séparés. Que faire ? »

Il ne songea même pas que la fin des vacances, l'an dernier, avait fait de lui un jeune garçon malheureux, puis calmé par le retour à Paris et l'externat, et résigné à des consolations dominicales. L'année dernière, Philippe avait quinze ans ; chaque anniversaire relègue, dans un passé trouble et misérable, tout ce qui n'est pas Vinca et lui. L'aime-t-il donc à ce point ? Il s'interrogea, ne trouva pas d'autre mot que le mot amour, et rejeta rageusement ses cheveux hors de son front.

« Ce n'est peut-être pas que je l'aime tant que ça, mais elle est à moi ! Voilà ! »

Il se retourna vers la maison et cria dans le vent :

– Vinca ! Viens ! Il ne pleut plus !

Elle ouvrit la porte et se tint sur le seuil comme une malade, en haussant une épaule contre son oreille d'un air craintif.

– Viens, voyons ! La mer redescend, elle va remporter la pluie !

Elle banda ses cheveux d'un foulard blanc noué sur la nuque et ressembla à une blessée.

– Viens jusqu'au Nez, au moins, c'est sec sous le rocher.

Elle le suivit sans mot dire, dans le sentier de la douane en corniche à flanc de falaise. Ils foulaient l'origan poivré et les derniers parfums du mélilot. Au-dessous d'eux, la mer claquait en drapeaux déchirés et léchait onctueusement les rocs. Sa force repoussait vers le haut de la falaise des bouffées tièdes, qui portaient l'odeur de la moule et l'arôme terrestre des petites brèches où le vent et l'oiseau sèment, en volant, des graines.

Ils parvinrent à leur retraite, sèche, bien abritée sous une proue de rochers, aire sans rebords d'où l'on semblait voguer vers la haute mer. Philippe s'assit à côté de Vinca, qui appuya sa tête sur son épaule. Elle paraissait épuisée et ferma aussitôt les yeux. Ses joues brunes, roses et rondes, sablées de grains roux, veloutées d'un duvet ras d'une suavité végétale, avaient pâli depuis le matin, de même que sa bouche fraîche, toujours un peu fendillée comme un fruit mordu par l'ardeur du jour.

Après le déjeuner, au lieu d'opposer aux plaintes de son « amoureux d'enfance » son bon sens habituel de petite-bour-geoise intelligente, têtue et douce, elle avait éclaté en larmes, en aveux désespérés, en amères constatations qui haïssaient leur jeunesse, l'avenir hors d'atteinte, la fuite impossible, la résignation inacceptable... Elle avait crié : « Je t'aime ! » comme on crie « Adieu ! » et : « Je ne peux plus te quitter ! » avec des yeux pleins d'horreur. L'amour, grandi avant eux, avait enchanté leur enfance et gardé leur adolescence des amitiés équivoques. Moins ignorant que Daphnis, Philippe révérait et rudoyait Vinca en frère, mais la chérissait comme si on les eût, à la manière orientale, mariés dès le berceau...

Vinca soupira, rouvrit les yeux sans soulever la tête :

– Je ne te fatigue pas, Phil ?

Il fit signe que non, admirant, si près des siens, ces yeux bleus dont le bleu, chaque fois plus doux à son cœur, palpitait entre des cils à pointes blondes.

– Tu vois, dit-il, la tempête descend. Il y aura encore grosse mer à quatre heures du matin... Mais nous tenons l'éclaircie, et ce soir un beau lever de pleine lune...

D'instinct, il parlait d'embellie, d'apaisement, menait Vinca vers des images sereines. Mais elle ne répondit rien.

– Tu viendras, demain, jouer au tennis chez les Jallon ?

Elle dit non de la tête, les yeux refermés, avec une fureur soudaine, comme si elle refusait à jamais le boire, le manger, le vivre...

– Vinca ! pria Philippe sévèrement. Il le faut. Nous irons.

Elle entrouvrit la bouche, promena sur la mer un regard de condamnée :

– Nous irons donc, répéta-t-elle. À quoi bon n'y pas aller ? À quoi bon y aller ? Rien ne changera rien.

Ils songèrent tous deux au jardin des Jallon, au tennis, au goûter. Ils songèrent, amants purs et forcenés, au jeu qui les déguiserait, demain encore, en enfants rieurs, et se sentirent recrus de fatigue.

« Encore quelques jours, se dit Philippe, et nous serons séparés. Nous ne nous éveillerons plus sous le même toit, et je ne verrai Vinca que le dimanche, chez son père, chez le mien ou au cinéma. Et j'ai seize ans. Seize et cinq vingt et un. Des centaines, des centaines de jours... Quelques mois de vacances, c'est vrai, mais dont la fin est atroce... Et pourtant elle est à moi... Elle est à moi... »

Il s'aperçut alors que Vinca glissait de son épaule. D'un mouvement doux, insensible, volontaire, elle glissait, les yeux fermés, sur la pente du plateau de rochers, si étroit que les pieds de Vinca ballaient déjà dans le vide... Il comprit et ne trembla pas. Il pesa l'opportunité de ce que tentait son amie, et resserra son bras autour des reins de Vinca, pour ne se point délier d'elle. Il éprouva, en le serrant contre lui, la réalité bien vivante, élastique, la vigoureuse perfection de ce corps de jeune fille prêt à lui obéir dans la vie, prêt à l'entraîner dans la mort...

« Mourir ? À quoi bon ?... Pas encore. Faut-il partir pour l'autre monde sans avoir véritablement possédé tout cela, qui naquit pour moi ? »

Sur ce roc incliné, il rêva de possession comme en peut rêver un adolescent timide, mais aussi comme un homme exigeant, un héritier âprement résolu à jouir des biens que lui destinent le temps et les lois humaines. Il fut, pour la première fois, seul à décider du sort de leur couple, maître de l'abandonner au flot ou de l'agripper à la saillie du rocher, comme la graine têtue qui, nourrie de peu, y fleurissait...

Il hissa, resserrant ses bras en ceinture, le gracieux corps qui se faisait lourd, et éveilla son amie d'un appel bref :

– Vinca ! Allons !

Elle le contempla debout, au-dessus d'elle, le vit résolu, impatient, et comprit que l'heure de mourir était passée. Elle retrouva, avec un ravissement indigné, le rayon du couchant dans les yeux noirs de Philippe, ses cheveux désordonnés, sa bouche et l'ombre, en forme d'ailes, que dessinait sur sa lèvre un duvet viril, et elle cria :

– Tu ne m'aimes pas assez, Phil, tu ne m'aimes pas assez !

Il voulut parler, et se tut, car il n'avait pas de noble aveu à lui faire. Il rougit et baissa la tête, coupable d'avoir – alors qu'elle glissait vers le lieu où l'amour ne tourmente plus, avant le temps, ses victimes – traité son amie comme l'épave précieuse et scellée dont le secret seul importe, et refusé Vinca à la mort.

6

L'odeur de l'automne, depuis quelques jours, se glissait, le matin, jusqu'à la mer.

De l'aube à l'heure où la terre, échauffée, permet que le souffle frais de la mer repousse l'arôme, moins dense, des sillons ouverts, du blé battu, des engrais fumants, ces matins d'août sentaient l'automne. Une rosée tenace étincelait au pied des haies, et si Vinca ramassait, à midi, quelque feuille de tremble, mûre et tombée avant son heure, le revers blanc de la feuille encore verte était humide et diamanté. Des champignons moites sortaient de terre, et les araignées des jardins, à cause des nuits plus fraîches, rentraient le soir dans la resserre aux jouets et s'y rangeaient sagement au plafond.

Mais le milieu des journées échappait aux rets de la brume d'automne, aux fils de la Vierge tendus sur les ronciers chargés de mûres, et la saison semblait rebrousser chemin vers juillet. Au haut du ciel, le soleil buvait la rosée, putréfiait le champignon nouveau-né, criblait de guêpes la vigne trop vieille et ses raisins chétifs, et Vinca avec Lisette rejetaient, du même mouvement, le léger spencer de tricot qui protégeait, depuis le petit déjeuner, le haut de leurs bras et leurs cous nus, bruns hors de la robe blanche. Il y eut ainsi une série de jours immobiles, sans vent, sans nuages, sauf des « queues-de-chat » laiteuses, lentes, qui paraissaient vers midi et s'évanouissaient : des jours si divinement pareils l'un à l'autre que Vinca et Philippe, apaisés, pouvaient croire l'année arrêtée à son plus doux moment, mollement entravée par un mois d'août qui ne finirait pas.

Vaincus par la félicité physique, ils pensèrent moins à la séparation de septembre et quittèrent leur dramatique humeur d'adolescents déjà vieillis, à quinze et seize ans, par l'amour prématuré, le secret, le silence et l'amertume périodique des séparations.

Quelques jeunes voisins, leurs compagnons de tennis et de pêche, laissèrent la mer pour la Touraine ; les villas les plus proches se fermèrent ; Philippe et Vinca demeurèrent seuls sur la côte, dans la grande maison dont le hall de bois verni sentait le bateau. Ils goûtèrent une solitude parfaite, entre des parents qu'ils frôlaient à toute heure et ne voyaient presque pas. Vinca, occupée de Philippe, remplissait pourtant tous ses devoirs de jeune fille, cueillait au jardin des viornes et des clématites pelucheuses pour la table ; au potager, les premières poires et les derniers cassis ; elle servait le café, tendait à son père, au père de Philippe, l'allumette enflammée, coupait et cousait des petites robes pour Lisette, et vivait, parmi ces parents-fantômes qu'elle distinguait mal et entendait peu, une vie étrange ; elle y endurait la demi-surdité, la demi-cécité agréables d'un commencement de syncope. Sa jeune sœur Lisette échappait encore au sort commun et brillait de couleurs nettes et véridiques. Lisette ressemblait d'ailleurs à la Pervenche comme un petit champignon ressemble à un champignon plus grand.

– Si je mourais, disait Vinca à Philippe, tu auras toujours Lisette.

Mais Philippe haussait les épaules et ne riait pas, car les amants de seize ans n'admettent ni le changement, ni la maladie, ni l'infidélité, et ne font place à la mort dans leurs desseins que s'ils la décernent comme une récompense ou l'exploitent comme un dénouement de fortune, parce qu'ils n'en ont pas trouvé d'autre.

Par le plus beau matin d'août, Phil et Vinca décidèrent d'abandonner la table familiale et d'emporter, dans une anse à leur taille, leur déjeuner, leurs maillots de bain, et Lisette. Les années précédentes, ils avaient souvent déjeuné seuls, en explorateurs, dans des creux de falaises ; plaisir usé, plaisir gâté maintenant par l'inquiétude et le scrupule. Mais le plus beau matin rajeunissait jusqu'à ces enfants égarés et qui se tournaient parfois, plaintivement, vers la porte invisible par où ils étaient sortis de leur enfance. Philippe alla devant, sur le chemin de la douane, portant les havenets pour la pêche d'après-midi, et le filet où tintaient le litre de cidre mousseux et la bouteille d'eau minérale. Lisette, en chandail et maillot de bain, balançait le pain tiède noué dans une serviette, et Vinca fermait la marche, ficelée de sweater bleu et de culottes blanches, chargée de paniers comme un âne d'Afrique. Aux tournants accidentés, Philippe criait sans se retourner :

– Attends, je vais prendre un des paniers !

– Ce n'est pas la peine, répondait Vinca.

Et elle trouvait moyen de diriger Lisette, quand les fougères hautes submergeaient la petite tête et sa calotte de raides cheveux blonds.

Ils choisirent leur crique, une faille entre deux rochers, que les marées avaient pourvue de sable fin, et qui s'évasait en corne d'abondance jusqu'à la mer. Lisette quitta ses sandales et joua avec des coquilles vides. Vinca roula sur ses cuisses brunes sa culotte blanche et creusa le sable humide sous une roche, pour y coucher au frais les bouteilles.

— Tu veux que je t'aide ? proposa mollement Philippe.

Elle ne daigna pas répondre et le regarda en riant silencieusement. Le bleu rare de ses yeux, ses joues assombries par le fard chaud qu'on voit aux brugnons d'espalier, la double lame courbe de ses dents brillèrent un moment avec une force de couleurs inexprimable dont Philippe se sentit comme blessé. Mais elle se détourna, et il la vit sans trouble aller, venir, se baisser agilement, libre et dévêtue comme un jeune garçon.

— On le sait, va, que tu n'as apporté que ta bouche pour manger ! cria Vinca. Ah ! ces hommes !

L'« homme » de seize ans accepta la raillerie et l'hommage. Il appela sévèrement Lisette quand la table fut mise, mangea les sandwiches que lui beurrait son amie, but le cidre pur, trempa dans le sel la laitue et les dés de gruyère, lécha sur ses doigts l'eau des poires fondantes. Vinca veillait à tout comme un jeune échanson au front ceint d'une bandelette bleue. Elle détachait pour Lisette l'arête des sardines, dosait la boisson, pelait les fruits, puis se hâtait de manger, à grands coups de ses dents bien plantées. La mer descendante chuchotait bas, à quelques mètres ; une batteuse à grain bourdonnait là-haut sur la côte, et la roche, barbue d'herbe et de fleurettes jaunes, distillait près d'eux une eau sans sel, qui sentait la terre.

Philippe s'étendit, un bras plié sous la tête.

— Il fait beau, murmura-t-il.

Vinca, debout, les mains occupées à essuyer couteaux et verres, laissa tomber sur lui le rayon bleu de son regard. Il ne bougea pas, cachant le plaisir qu'il ressentait lorsque son amie l'admirait. Il se savait beau à cette minute, les joues chaudes, la bouche lustrée, le front couché dans un désordre harmonieux de cheveux noirs.

Vinca reprit sans mot dire sa besogne de petite squaw et Philippe ferma les yeux, bercé par le reflux, une lointaine cloche de midi, la chanson à mi-voix de Lisette. Un prompt et léger sommeil descendit sur lui, sommeil de sieste, percé par chaque bruit, mais utilisant chaque bruit au profit d'un rêve tenace : gisant sur cette côte blonde, après une dînette d'enfants, il fut en même temps un Phil très ancien et sauvage, dénué de tout, mais originairement comblé, puisqu'il possédait une femme...

Un cri plus haut l'obligea à soulever ses paupières ; près de la mer que l'éclat de midi et la lumière verticale privaient de sa couleur, Vinca, penchée sur Lisette, soignait quelque écorchure, tirait une épine d'une petite main levée et confiante... L'image ne troubla pas le songe de Philippe, qui referma les yeux :

« Un enfant... C'est juste, nous avons un enfant... »

Son rêve viril où l'amour, devançant l'âge de l'amour, se laissait lui-même distancer par ses fins généreuses et simples, fonça vers des solitudes dont il fut le maître. Il dépassa une grotte – un hamac de fibres creusé sous une forme nue, un feu rougeoyant qui battait de l'aile à ras de terre – puis perdit son sens divinatoire, sa puissance de vol, chavira, et toucha le fond moelleux du plus noir repos.

7

– C'est incroyable ce que les jours raccourcissent !

– Pourquoi incroyable ? Vous dites ça tous les ans à la même époque. Ce n'est pas vous qui changerez quelque chose au solstice, Marthe.

– Qui vous parle de solstice ? Je ne lui demande rien, au solstice ; qu'il me rende la pareille .

– L'inaptitude des femmes à certaines connaissances est bien curieuse. En voilà une à qui j'ai expliqué vingt fois le système des marées, et elle reste comme un mur devant la syzygie !

– Auguste, ce n'est pas parce que vous êtes mon beau-frère que je vous écouterai plus que les autres...

– Seigneur ! je n'en suis plus à m'étonner que vous ne vous soyez pas mariée, Marthe. Ma femme, pousse-moi le cendrier, veux-tu ?

– Si je le pousse, où veux-tu qu'Audebert mette les cendres de sa pipe ?

– Madame Ferret, ne vous mettez pas martel en tête, il y a assez de coquilles d'ormeaux, que les enfants ont semées sur toutes les tables.

– C'est votre faute, Audebert. Le jour où vous leur avez dit : « C'est joli, ces coquilles d'ormeaux, ça ferait des cendriers artistiques », vous avez transformé leur vagabondage sur les rochers en mission de confiance. Pas vrai, Phil ?

– Oui, monsieur Ferret.

– C'est même pour cette mission-là que votre fille a abandonné sa première entreprise commerciale, Ferret. Vinca avait inventé, savez-vous quoi ? de s'aboucher avec Carbonieux, le grand marchand d'oiseaux et de graines, pour lui fournir des os de margat où les serins s'aiguisent le bec en cage ! Vinca, dis un peu si je mens ?

– Non, monsieur Audebert.

– Elle est plus commerçante qu'on ne croit, la mâtine. Je me reproche quelquefois...

– Oh ! Auguste, tu vas recommencer ?

– Je recommencerai si je juge bon de recommencer. Voilà une enfant que tu prétends garder à la maison, bon. Quelle pâture donneras-tu à son activité morale et physique ?

– La même pâture qu'à la mienne. Tu ne me vois pas souvent me tourner les pouces, je crois ? Et puis, je la marierai. Un point, c'est tout.

– Ma sœur est pour les vieilles traditions.

– Ce ne sont jamais les maris qui s'en plaignent.

– Bien dit, madame Ferret. L'avenir d'une fille... Je sais bien que rien ne presse. Quinze ans... Vinca a encore le temps de se découvrir une vocation. Eh, Vinca ! tu entends ? Accusée, qu'avez-vous à dire pour votre défense ?

– Rien, monsieur Audebert.

– « Rien, monsieur Audebert ! » Ah ! tu t'en fais, une bile ! Nos enfants se fichent pas mal de nous, Ferret ! Et ils sont d'un calme, ce soir !

– Ils ont mené une vie insensée. Vinca n'a plus de fond, pour ainsi parler, à sa culotte de pêche.

– Marthe !

– Quoi, « Marthe » ? Parce que j'ai parlé de culotte ? On n'est pas des Anglais !

– Devant un jeune homme !

– Ce n'est pas un jeune homme, c'est Phil. Qu'est-ce que tu dessines, mon vieux Phil ?

– Une turbine, monsieur Ferret.

– Mes compliments au futur ingénieur... Audebert, vous avez vu la lune sur le Grouin ? Il y a quinze étés que je la vois se lever sur la mer, cette lune d'août, et je ne m'en lasse pas. Quand on pense qu'il y a quinze ans, le Grouin était nu, et que c'est le vent tout seul qui y a semé ces petits arbres...

– Vous me racontez ça comme à un touriste, Ferret ! Il y a quinze ans, je cherchais un coin sur la côte pour y manger mes premières six cents balles d'économies...

– Déjà quinze ans ! C'est vrai, Philippe ne marchait pas tout seul... Ma femme, viens regarder la lune, je te demande un peu si tu l'as jamais vue, depuis quinze ans, de cette couleur-là ? Elle est... ma foi, elle est verte, absolument verte !

Philippe leva sur Vinca des yeux inquisiteurs. On venait d'évoquer un temps où elle n'était visible pour personne, et cependant déjà un peu vivante... Il ne gardait d'ailleurs aucun souvenir précis de l'époque où ils trébuchaient ensemble sur ce sable blond des vacances : la petite forme ancienne, mousseline blanche et chair brunie, s'était dissoute. Mais quand il disait dans son cœur : « Vinca ! » le nom appelait, inséparable de son amie, le souvenir du sable chaud aux genoux, serré et fuyant au creux des paumes...

Les yeux bleus de la Pervenche rencontrèrent ceux de Philippe, et, comme eux impassibles, se détournèrent aussitôt.

– Vinca, tu ne montes pas te coucher ?

– Pas tout de suite, maman, s'il te plaît. Je finis le gros feston de la barboteuse pour Lisette.

Elle parla d'une voix douce, puis rejeta loin d'elle et de Philippe les pâles Ombres, à peine présentes, du cercle de famille. Phil, ayant dessiné une turbine, l'hélice d'un avion, le mécanisme d'une écrémeuse, ajouta sur les pales de son hélice les grands yeux ombrés qu'on voit aux ailes des paons-de-jour, quelques pattes délicates, et des antennes. Puis il traça un V majuscule, et le déforma jusqu'à ce qu'il ressemblât, le crayon bleu aidant, à un œil d'azur, bordé de longs cils – l'œil de Vinca.

– Regarde, Vinca.

Elle se pencha, posa sur le papier sa main de sauvagesse, brune comme un bois dur, et sourit :

– Tu n'es pas raisonnable.

– Qu'est-ce qu'il a encore fait ? cria M. Audebert.

Les deux jeunes gens tournèrent vers la voix un air d'étonnement un peu hautain.

– Rien, papa, dit Philippe. Des bêtises. J'ai mis des pattes à ma turbine pour qu'elle marche mieux.

– Ah ! quand tu auras l'âge de raison, toi, je ferai une croix à la cheminée ! Ce n'est pas seize ans, c'est six ans, qu'il a !

Vinca et Philippe sourirent avec politesse, et bannirent encore une fois de leur présence les êtres vagues qui jouaient aux cartes ou brodaient auprès d'eux. Ils entendirent encore, comme au-delà d'un bourdonnement d'eau, quelques plaisanteries sur la « vocation » de Philippe, promis à la mécanique et aux applications de l'électricité, sur le mariage de Vinca, thème familier. Des rires s'élevèrent autour de la grande table, parce que quelqu'un avait parlé d'unir Philippe à Vinca...

– Ah ! ah ! autant marier le frère et la sœur ! Ils se connaissent trop bien !

– L'amour, madame Ferret, ça veut de l'imprévu, du coup de foudre !

– *L'amour est enfant de Bohême...*

– Marthe ! ne chantez pas ! Nous qui sommes si contents de tenir enfin le noroît et le beau temps !

... Des fiançailles entre Vinca et lui ? Philippe sourit, plein de pitié condescendante. Des fiançailles... À quoi bon ? Vinca lui appartenait, comme il appartenait à Vinca. Sagement, ils ont déjà escompté combien des fiançailles officielles à lointaine échéance troubleraient leur longue passion. Ils ont prévu les plaisanteries quotidiennes, les intolérables rires, et aussi la défiance...

...Ils refermèrent, ensemble, le judas par lequel, retranchés dans l'amour, ils communiquaient parfois avec la vie réelle. Ils envièrent, pareillement, la puérilité de leurs parents, leur facilité au rire, leur foi dans un avenir paisible.

« Comme ils sont gais ! » se dit Philippe. Il chercha sur le front gris de son père la trace d'une lumière, au moins d'une brûlure. « Oh ! décréta-t-il superbement, le pauvre homme n'a jamais aimé... »

Vinca fit un effort pour évoquer un temps où sa mère, jeune fille, souffrit peut-être d'amour et de silence. Elle lui vit des cheveux précocement blancs, un pince-nez d'or, et cette maigreur, qui faisait de Mme Ferret une femme si distinguée...

Vinca rougit, réclama pour elle seule la honte d'aimer, le tourment du corps et de l'âme, et quitta les Ombres vaines, pour rejoindre Philippe sur un chemin où ils cachaient leur trace et où ils sentaient qu'ils pouvaient périr de porter un butin trop lourd, trop riche et trop tôt conquis.

8

Au tournant de la petite route, Phil sauta à terre, jeta sa bicyclette d'un côté et son propre corps de l'autre, sur l'herbe crayeuse du talus.

« Oh ! assez ! assez ! On crève ! Pourquoi est-ce que je me suis proposé pour porter cette dépêche, aussi ? »

De la villa à Saint-Malo, les onze kilomètres ne lui avaient pas semblé trop durs. La brise de mer le poussait, et les deux longues descentes plaquaient à sa poitrine demi-nue une fraîche écharpe d'air agité. Mais le retour le dégoûtait de l'été, de la bicyclette et de l'obligeance. Août finissait dans les flammes. Philippe rua des deux pieds dans une herbe jaune et lécha sur ses lèvres la poussière fine des routes siliceuses. Il tomba sur le dos, les bras en croix. La congestion passagère noircissait le dessous de ses yeux comme s'il sortait d'un combat de boxe, et ses deux jambes de bronze, nues hors de la petite culotte sportive, comptaient, en cicatrices blanches, en blessures noires ou rouges, ses semaines de vacances et ses journées de pêche sur la côte rocheuse.

« J'aurais dû emmener Vinca, ricana-t-il. Quelle musique ! »

Mais un autre Philippe, en lui, le Philippe épris de Vinca, le Philippe enfermé dans son précoce amour comme un prince orphelin dans un palais trop vaste, répliqua au méchant Philippe : « Tu l'aurais portée sur ton dos jusqu'à la villa, si elle s'était plainte... »

« Ce n'est pas sûr », protesta le méchant Philippe... Et le Philippe amoureux n'osa pas, cette fois, discuter...

Il gisait au pied d'un mur que des pins bleus, des trembles blancs couronnaient. Philippe connaissait la côte par cœur, depuis qu'il savait marcher sur deux pieds et rouler sur deux roues. « C'est *Ker-Anna*. J'entends la dynamo qui fait la lumière. Mais je ne sais pas qui a loué la propriété cet été. » Un moteur, derrière le mur, imitait au loin le clappement de langue d'un chien haletant, et les feuilles des trembles argentés se rebroussaient au vent comme les petits flots d'un ru. Apaisé, Phil ferma les yeux.

– Vous avez bien gagné un verre d'orangeade, il me semble, monsieur Phil, dit une voix tranquille.

Phil, en ouvrant les yeux, vit au-dessus de lui, inversé comme dans un miroir d'eau, un visage de femme, penché. Ce visage, à l'envers, montrait un menton un peu gras, une bouche rehaussée de rouge, le dessous d'un nez aux narines serrées, irritables, et deux yeux sombres qui, vus d'en bas, affectaient la forme de deux croissants. Tout le visage, couleur d'ambre clair, souriait avec une familiarité point amicale. Philippe reconnut la Dame en blanc, enlisée avec son auto dans le chemin du goémon, la dame qui l'avait questionné en le nommant d'abord « eh ! petit ! », puis « Monsieur »... Il bondit sur ses pieds et salua de son mieux. Elle s'appuyait sur ses bras croisés, nus hors de sa robe blanche, et le toisait de la tête aux pieds, comme la première fois.

– Monsieur, interrogea-t-elle gravement, est-ce par vœu, ou par inclination, que vous ne portez pas de vêtements, ou si peu ?

Le sang rafraîchi remonta d'un flot aux oreilles, aux joues de Philippe, et redevint brûlant.

– Mais non, madame, cria-t-il d'un ton aigre, c'est parce que j'ai dû porter au télégraphe la dépêche au client de papa ; il n'y avait personne de prêt à la maison ; on ne pouvait pourtant pas envoyer Vinca ou Lisette par ce temps-là !

– Ne me faites pas de scène, dit la Dame en blanc. Je suis extrêmement impressionnable. Pour un rien, je fonds en larmes.

Ses paroles, et son regard impassible où flottait un arrière-sourire blessèrent Philippe. Il saisit sa bicyclette par le guidon, comme on relève rudement par le bras un enfant qui vient de tomber, et voulut se mettre en selle.

– Prenez un verre d'orangeade, monsieur Phil. Je vous assure.

Il entendit grincer une grille à l'angle du mur, et sa tentative de fuite le mena juste devant une porte ouverte, une allée d'hortensias roses apoplectiques, et la Dame en blanc.

– Je m'appelle Mme Dalleray, dit-elle.

– Philippe Audebert, dit Phil précipitamment.

Elle esquissa un geste d'indifférence et fit un « oh ! » qui signifiait : « Cela ne m'intéresse pas. »

Elle marchait près de lui et subissait sans broncher le soleil sur ses cheveux noirs, tirés et brillants. Il se mit à souffrir de la tête, et se crut insolé en retrouvant, auprès de Mme

Dalleray, cet espoir, cette appréhension d'un évanouissement qui l'eût délivré de penser, de choisir et d'obéir.

– Totote ! l'orangeade ! cria Mme Dallerày.

Phil tressaillit, réveillé : « Le mur est là, se dit-il. Il n'est pas très haut. Je saute, et... » Il se retint d'achever mentalement : «... Et je suis sauvé. » Pendant qu'il gravissait, derrière la robe blanche, un perron éblouissant, il appela à lui toute l'insolence de ses seize ans : « Quoi ? elle ne me mangera pas !... Si elle tient absolument à la placer, son orangeade !... »

Il entra, et crut perdre pied en pénétrant dans une pièce noire, fermée aux rayons et aux mouches. La basse température qu'entretenaient persiennes et rideaux tirés lui coupa le souffle. Il heurta du pied un meuble mou, chut sur un coussin, entendit un petit rire démoniaque, venu d'une direction incertaine, et faillit pleurer d'angoisse. Un verre glacé toucha sa main.

– Ne buvez pas tout de suite, dit la voix de Mme Dalleray. Totote, tu es folle d'avoir mis de la glace. La cave est assez froide.

Une main blanche plongea trois doigts dans le verre et les retira aussitôt. Le feu d'un diamant brilla, reflété dans le cube de glace que serraient les trois doigts. La gorge serrée, Philippe but, en fermant les yeux, deux petites gorgées, dont il ne perçut même pas le goût d'orange acide ; mais quand il releva les paupières, ses yeux habitués discernèrent le rouge et le blanc d'une tenture, le noir et l'or assourdi des rideaux. Une femme, qu'il n'avait pas vue, disparut, emportant un plateau tintant. Un ara rouge et bleu, sur son perchoir, ouvrit son aile avec un bruit d'éventail, pour montrer son aisselle couleur de chair émue.

– Il est beau, dit Phil d'une voix enrouée.

– D'autant plus beau qu'il est muet, dit Mme Dalleray.

Elle s'était assise assez loin de Philippe, et la fumée verticale d'un parfum qui brûlait, répandant hors d'une coupe l'odeur de la résine et du géranium, montait entre eux. Philippe croisa l'une sur l'autre ses jambes nues, et la Dame en blanc sourit, pour accroître la sensation de somptueux cauchemar, d'arrestation arbitraire, d'enlèvement équivoque qui ôtait à Philippe tout son sang-froid.

– Vos parents viennent tous les ans sur la côte, n'est-ce pas ? dit enfin la douce voix virile de Mme Dalleray.

– Oui, soupira-t-il avec accablement.

– C'est, d'ailleurs, un charmant pays, que je ne connaissais pas du tout. Une Bretagne modérée, pas très caractéristique, mais reposante, et la couleur de la mer y est incomparable.

Philippe ne répondit pas. Il tendait le reste de sa lucidité vers son propre épuisement progressif, et s'attendait à entendre tomber sur le tapis, régulières, étouffées, les dernières gouttes d'un sang qui quittait son cœur.

– Vous l'aimez, n'est-ce pas ?

– Qui ? dit-il en sursaut.

– Cette côte cancalaise ?

– Oui...

– Monsieur Phil, vous n'êtes pas souffrant ? Non ? Bon. Je suis une très bonne garde-malade, d'ailleurs... Mais par ce temps-là, vous avez mille fois raison : mieux vaut se taire que de parler. Taisons-nous donc.

– Je n'ai pas dit ça...

Elle n'avait pas fait un mouvement depuis leur entrée dans la pièce obscure, ni risqué une parole qui ne fût parfaitement banale. Pourtant le son de sa voix, chaque fois, infligeait à Philippe une sorte inexprimable de traumatisme, et il reçut avec terreur la menace d'un mutuel silence. Sa sortie fut piteuse et désespérée. Il heurta son verre à un fantôme de petite table, proféra quelques mots qu'il n'entendit pas, se mit debout, gagna la porte en fendant des vagues lourdes et des obstacles invisibles, et retrouva la lumière avec une aspiration d'asphyxié.

– Ah !... dit-il à demi-voix.

Et il pressa, d'une main pathétique, cette place du sein où nous croyons que bat notre cœur.

Puis il reprit brusquement conscience de la réalité, rit d'un air niais, secoua cavalièrement la main de Mme Dalleray, reprit sa bicyclette et partit. En haut de la dernière côte, il trouva Vinca, inquiète, qui l'attendait.

– Mais qu'est-ce que tu as fait si longtemps, Phil ?

Il baisa, à travers les paupières que bleuissait la couleur des prunelles, les charmants yeux bleus de sa petite amie, et répondit avec exubérance :

– Ce que j'ai fait ? Mais tout, voyons ! J'ai été attaqué à un tournant, enfermé dans une cave, abreuvé de narcotiques puissants, lié tout nu à un poteau, fustigé, mis à la question...

Vinca riait, appuyée à son épaule, tandis que Philippe secouait la tête pour détacher de ses cils deux larmes d'énervement, et qu'il pensait :

« Si elle savait que c'est la vérité, ce que je lui raconte... »

9

Depuis que Mme Dalleray lui avait offert un verre d'orangeade, Phil sentait sur ses lèvres et contre ses amygdales le choc, la brûlure de la boisson glacée. Il s'imaginait aussi qu'il n'avait bu de sa vie, ni ne boirait désormais une orangeade aussi amère.

« Et pourtant, au moment où je l'ai bue, je n'en ai pas senti le goût... C'est après... longtemps après... » Cette visite, qu'il cachait à Vinca, formait dans sa mémoire un point battant et sensible, dont il précipitait ou calmait à son gré la fièvre bénigne.

La vie de Philippe appartenait toujours à Vinca, à la petite amie de son cœur, née tout près de lui, douze mois après lui, attachée à lui comme une jumelle à son frère jumeau, anxieuse comme une amante, qui doit demain perdre un amant. Mais le rêve, ni le cauchemar ne dépendent de la vie réelle. Un mauvais rêve, riche d'ombre glaciale, de rouge sourd, de velours noir et or empiétait sur la vie de Phil, diminuait, en segment d'éclipse, les heures normales du jour, depuis que dans le salon de *Ker-Anna*, par un après-midi torride, il avait bu le verre d'orangeade versé par l'impérieuse et grave Dame en blanc. Le feu du diamant au bord du verre... Le dé de glace, étincelant entre trois doigts pâles... L'ara bleu et rouge, muet sur son perchoir, et son aile doublée d'un plumage blanc rosé comme la chair des pêches... L'adolescent doutait de sa mémoire en ressassant ces images d'un coloris brûlant et faux, décor créé peut-être par le sommeil, qui force jusqu'au bleu le vert des feuillages et donne à certaines nuances l'accent d'un sentiment...

Il n'avait rapporté, de sa visite, aucun plaisir. Le souvenir même du parfum qui fumait dans une coupe paralysait, un temps, son appétit, lui infligeait des aberrations nerveuses :

– Tu ne trouves pas, Vinca, que les crevettes sentent le benjoin, aujourd'hui ?

Plaisir, l'entrée dans le salon fermé, le tâtonnement contre des obstacles mous et veloutés ? Plaisir, l'évasion maladroite, le soleil en chape soudaine sur les épaules ? Non, non, rien de tout cela ne ressemblait au plaisir, mais plutôt au malaise, au tourment d'une dette...

« Je lui dois une politesse, se dit Philippe un matin. Rien ne m'oblige à passer pour un mufle. Il faut que je dépose des fleurs à sa porte, et après je n'y penserai plus. Mais quelles fleurs ? »

Les reines-marguerites du potager et les mufliers de velours lui parurent méprisables. Août finissant défleurissait les chèvrefeuilles sauvages et les Dorothy-Perkins enroulées au tronc des trembles. Mais un creux de dune entre la villa et la mer, empli jusqu'au bord de chardons des sables, bleus dans leur fleur, mauves au long de leur tige cassante, méritait de s'appeler « le miroir des yeux de Vinca ».

« Des chardons bleus... j'en ai vu dans un vase de cuivre, chez Mme Dalleray... Offre-t-on des chardons bleus ? Je les accrocherai à la grille... Je n'entrerai pas... »

Il attendit, avec la sagacité de ses seize ans, le jour où Vinca, fatiguée, un peu malade, languissante et hérissée, une marge mauve sous ses yeux bleus, s'étendit à l'ombre, refusa le bain et la promenade. Il coupa et bottela secrètement les plus beaux chardons, en se blessant furieusement les mains à leur feuillage de fer. Il partit sur sa bicyclette, par un doux temps breton qui voilait de brume la terre et mêlait à la mer un lait immatériel. Il roula, gêné par un pantalon de toile blanche et son plus beau veston de gros jersey, jusqu'aux murs de *Ker-Anna*, marcha courbé vers la grille et voulut jeter dans le jardin sa botte de chardons, comme il se fût délivré d'une pièce à conviction. Il médita son geste, repéra l'endroit où le mur d'enceinte touchait presque la villa, fit tourner son bras en fronde et le bouquet vola dans l'air. Philippe entendit un cri, des pas sur le gravier, et une voix étouffée de colère qu'il reconnut cependant :

– Si je tenais l'idiot qui a fait ça...

Se sentant insulté, il renonça à la fuite, et la Dame en blanc, irritée, le trouva près de la grille. Elle changea de figure en le voyant, dénoua ses sourcils joints, haussa les épaules :

– J'aurais dû m'en douter, dit-elle. Ce n'est pas très malin.

Elle attendit une excuse qui ne vint pas, car Phil, occupé à la regarder, la remerciait vaguement en lui-même d'être encore une fois vêtue de blanc, et le visage rehaussé discrètement de rouge aux lèvres, de bistre en halo autour des yeux. Elle porta une main à sa joue :

– Tenez, je saigne !

– Moi aussi, dit Philippe roidement.

Et il tendit ses mains blessées. Elle se pencha, écrasa sous son doigt une petite perle de sang sur la paume de Phil.

– Vous les avez cueillis pour moi ? demanda-t-elle avec nonchalance.

Il ne répondit que d'un signe, se gourmandant de manifester, à une femme aimable et bien élevée, des façons de rustre. Mais elle n'en paraissait pas fâchée, ni surprise.

– Vous voulez entrer un moment ?

Il répondit de la même manière, et sa muette protestation fit voler ses cheveux autour de son visage, embelli d'une sévérité étrange et privé de toute autre expression.

– Ils sont d'un bleu... un bleu indicible... Je les planterai dans mon brasero de cuivre...

Le visage de Phil se détendit un peu :

– Je le pensais, dit-il. Ou bien dans un pot de grès gris.

– Oui, si vous le voulez... Dans un pot de grès gris.

Une sorte de docilité, dans la voix de Mme Dalleray, émerveilla Philippe. Elle s'en aperçut, le regarda dans les yeux, reprit son sourire aisé et presque masculin, et changea de ton :

– Dites-moi, monsieur Phil... Une question... Une simple question... Ces beaux chardons bleus, vous les avez cueillis pour moi, pour me faire plaisir ?

– Oui...

– C'est charmant. Pour me faire plaisir. Mais avez-vous pensé plus vivement à mon plaisir de les recevoir – comprenez-moi bien ! – qu'à *votre* plaisir de les cueillir pour moi et de me les offrir ?

Il l'écoutait mal, et la regardait parler comme un sourd-muet, l'esprit attaché à la forme de sa bouche et au battement de ses cils. Il ne comprit pas, et répondit au hasard :

– J'ai pensé que ça vous serait agréable... Et puis vous m'aviez offert de l'orangeade...

Elle retira sa main, qu'elle avait posée sur le bras de Phil, et rouvrit tout grand le battant à demi fermé de la grille.

– Bien. Mon petit, il faut vous en aller, et ne plus revenir ici.

– Comment ?...

– Personne ne vous a demandé de m'être agréable. Quittez donc l'obligeant souci qui vous amène, aujourd'hui, à me bombarder de chardons bleus. Adieu, monsieur Phil. À moins que...

Elle appuyait son front hardi à la grille promptement refermée entre eux et toisait Philippe, immobile sur la petite route.

– À moins qu'un jour je ne vous retrouve à cette place, revenu non pour payer, d'un bouquet épineux, mon orangeade, mais pour une autre raison...

– Une autre raison...

– Comme votre voix ressemble à la mienne, monsieur Phil ! Cette fois-là nous verrons si mon agrément est en jeu, ou le vôtre. Je n'aime que les mendiants et les affamés, monsieur Phil. Si vous revenez, revenez la main tendue... Allez, allez, monsieur Phil !...

Elle quitta la grille, et Philippe s'en alla. Chassé, et même banni, il n'emportait pourtant qu'une fierté d'homme, et dans son souvenir l'arabesque noire de la grille couronnait, comme une branche de viorne, un visage féminin, tatoué sur la joue d'un signe de sang frais.

10

– Tu vas tomber, Vinca, ton espadrille est défaite. Attends...

Phil se baissa vivement, saisit les deux rubans de laine blanche et les croisa sur une cheville brune, frémissante, sèche, jambe de bête fine, faite pour la course et le saut. Un épiderme durci, des cicatrices nombreuses n'en masquaient pas la grâce. Presque pas de chair sur l'ossature légère, juste assez de muscle pour assurer le galbe ; la jambe de Vinca n'éveillait pas le désir, mais l'espèce d'exaltation que l'on voue à un style pur.

– Attends, je te dis ! Je ne peux pas rattacher tes cordons, si tu marches !

– Non, laisse !

Le pied nu, chaussé de toile, glissa entre les mains qui le tenaient et franchit, comme s'il s'envolait, la tête de Phil agenouillé. Il perçut l'odeur d'esprit de lavande, de linge repassé et d'algue marine qui composait le parfum de Vinca, et la vit à trois pas de lui. Elle le regardait de haut en bas et lui versait la lumière assombrie et troublée de ses yeux dont le bleu refusait d'imiter les nuances changeantes de la mer.

– Qu'est-ce qui te prend ? En voilà des caprices ! Je sais rattacher une sandale, peut-être ! Je t'assure, Vinca, tu deviens impossible !

La posture chevaleresque de Phil seyait mal à son visage offensé de dieu latin, doré, couronné de cheveux noirs, à peine menacé dans sa grâce par l'ombre – poil dru demain, duvet de velours aujourd'hui – de la moustache future.

Vinca ne se rapprochait pas de lui. Elle semblait étonnée, et essoufflée comme si Phil l'eût poursuivie.

– Qu'est-ce que tu as ? Je t'ai fait mal ? Tu as une épine ?

Elle répondit « non » d'un signe, s'adoucit, tomba assise parmi la sauge et les renouées roses, tira l'ourlet de sa robe jusqu'à ses chevilles. Une célérité anguleuse et plaisante, un équilibre, exceptionnel comme un don chorégraphique, gouvernaient tous ses mouvements. Sa tendre et exclusive camaraderie avec Phil l'avait formée aux jeux garçonniers, à une rivalité sportive qui ne cédait pas encore devant l'amour, né cependant en même temps qu'elle. Malgré la force, chaque jour monstrueusement accrue, qui chassait hors d'eux peu à peu la confiance, la douceur, malgré l'amour qui changeait l'essence de leur tendresse comme l'eau colorée qu'elles boivent change la couleur des roses, ils oubliaient quelquefois leur amour.

Philippe ne soutint pas longtemps le regard de Vinca, dont l'azur assombri ne contenait aucun reproche. Elle paraissait seulement surprise, et respirait vite, comme la biche qu'un promeneur rencontre en forêt et qui balance, émue, au lieu de gagner le large. Elle interrogeait son propre instinct, plutôt que le jeune garçon agenouillé dont elle avait fui la main ; elle savait qu'elle venait d'obéir à la défiance, à une espèce de répulsion, non à la pudeur. Il n'était pas question de pudeur aux côtés d'un si grand amour.

Mais la pureté vigilante de Vinca percevait, par des avertissements soudains, une présence féminine auprès de Philippe. Il arrivait qu'elle flairât l'air, autour de lui, comme s'il eût, en secret, fumé ou mangé une friandise. Elle interrompait leurs causeries par un silence aussi impérieux qu'un bond, par un regard dont il sentait le choc et le poids. Elle délivrait sa main de la main amie, plus petite mais moins fine que la sienne, où sa main reposait pendant la promenade sur la route avant le dîner...

Sa troisième, sa quatrième visite à Mme Dalleray, Phil les avait sans peine cachées à Vinca. Mais que valaient la distance et les murailles contre l'antenne invisible qui d'une âme éprise s'élance, palpe, découvre la flétrissure et se replie ?... Greffé sur leur grand secret, le petit secret parasite tarait Philippe, innocent en fait, d'une difformité morale. Vinca maintenant le trouvait doux lorsqu'il eût dû, confiant dans son despotisme d'amant fraternel, la traiter en esclave. Un peu de l'aménité des maris infidèles se glissait en lui et le rendait suspect. Ayant morigéné l'étrange humeur de Vinca, Philippe garda cette fois son air rogue et reprit le chemin de la villa, en se retenant de courir. Goûterait-il dans une heure à *Ker-Anna*, comme Mme Dalleray l'en avait prié ? Prié... Celle-là ne savait qu'ordonner, et conduire avec une dureté dissimulée celui qu'elle élevait au rang de mendiant et d'affamé. Mendiant rebelle à l'humilité et qui pouvait, loin d'elle, songer sans gratitude à la verseuse de boisson fraîche, à la peleuse de fruits dont les mains blanches servaient et soignaient le petit passant novice et bien tourné. Mais faut-il nommer novice l'adolescent que l'amour a, dès l'enfance, sacré homme et gardé pur ? Où elle eût trouvé une victime facile, enchantée de se soumettre, Mme Dalleray rencontrait un antagoniste ébloui et circonspect. La bouche altérée et les mains tendues, le mendiant ne prenait pas figure de vaincu.

« Il se défendra », conjecturait-elle. « Il se garde... » Elle n'en était pas encore au point de dire : « *Elle* le garde. »

Philippe put crier de la maison, à Vinca restée sur le pré sableux :

– Je vais chercher le second courrier ! Tu n'as pas de commissions ?

Un signe de refus tendit autour de la tête de Vinca ses cheveux égaux en roue ensoleillée et Philippe se jeta sur sa bicyclette.

Mme Dalleray ne semblait pas l'attendre et lisait. Mais l'ombre étudiée du salon, la table presque invisible d'où montaient les odeurs de la pêche tardive, du melon rouge de Chypre coupé en croissants d'astre et du café noir versé sur la glace pilée le renseignèrent.

Mme Dalleray laissa son livre et lui tendit une main sans se lever. Il voyait dans l'ombre la robe blanche, la main blanche : les yeux noirs, isolés dans leur halo de bistre, bougeaient avec une lenteur inaccoutumée.

– Peut-être que vous dormiez, dit Phil, en se forçant à une obligeance mondaine.

– Non... certainement non. Il fait chaud ? Vous avez faim ?

– Je ne sais pas...

Il soupira, sincèrement indécis, pris, dès l'entrée à *Ker-Anna*, d'une sorte de soif, et d'une sensibilité aux odeurs comestibles qui eût ressemblé à l'appétit si une anxiété sans nom n'eût en même temps serré sa gorge. Son hôtesse le servit pourtant, et il huma, sur une petite pelle d'argent, la chair rouge du melon poudré de sucre, imprégné d'un alcool léger, à goût d'anis.

– Vos parents vont bien, monsieur Phil ?

Il la regarda, surpris. Elle paraissait distraite et ne semblait pas avoir entendu sa propre voix. Du bord de sa manche, il accrocha une cuiller, qui tomba avec un son de clochette faible sur le tapis.

– Maladroit... Attendez...

D'une main, elle lui saisit le poignet, de l'autre main elle releva, jusqu'au coude, la manche de Phil et garda fermement, dans sa main gauche, le bras nu.

– Laissez-moi ! cria Phil très haut.

Il fit un violent mouvement du bras. Une soucoupe se brisa à ses pieds. Dans le bourdonnement de ses oreilles tintait l'écho du cri de Vinca : « Laisse !... » et il tourna vers Mme Dalleray un regard plein de courroux et de questions. Elle n'avait pas bougé et la main qu'il avait rejetée gisait ouverte sur ses genoux comme une conque creuse. Philippe mesura longuement cette immobilité significative. Il baissa la tête, vit passer devant lui deux ou trois images incohérentes, inéluctables, de vol comme l'on vole en songe, de chute comme l'on choit en plongeant, à l'instant où les plis de l'onde vont joindre le visage renversé – puis, sans élan, avec une lenteur réfléchie, avec un courage calculé, il remit son bras nu dans la main ouverte.

11

Quand Philippe sortit de chez la Dame en blanc, il pouvait être une heure et demie du matin.

Il avait dû attendre, pour quitter la villa familiale, que tous les bruits et les lumières y fussent éteints. Une porte vitrée, fermée au loquet, une barrière de bois que son propre poids rabattait – au-delà, la route, la liberté... La liberté ? Il avait marché vers *Ker-Anna* chargé d'entraves, parfois s'arrêtant pour aspirer l'air, la main gauche posée sur le cœur, la tête basse, puis levée comme un chien qui aboie à la lune. En haut de la côte, il s'était retourné, pour apercevoir à mi-falaise la maison où dormaient ses parents, les parents de Vinca – et Vinca... La troisième fenêtre, le petit balcon de bois... Elle devait dormir derrière cette paire de volets clos. Elle devait dormir, tournée un peu de côté, la figure sur son bras, comme une enfant qui se cache pour pleurer, ses cheveux égaux ouverts en éventail de la nuque à la joue. Il l'avait vue si souvent dormir, depuis leur enfance. Il connaissait cette attitude chagrine et douce, qu'elle ne prenait que dans le sommeil.

La crainte de l'éveiller télépathiquement détournait bientôt Philippe vers la route, blanche dans la nuit laiteuse du premier quartier de lune et qui guidait ses pas. L'anxiété, l'amour, à peine alanguis au fond d'un sommeil d'adolescente, il les avait sentis, vigilants, se suspendre à lui. Leur poids, bien plus que la peur froide qui glace un garçon de seize ans sur le chemin de sa première aventure, leur poids allait peut-être changer en corvée l'épreuve, et l'orgueilleux délire en curiosité sans courage ?... Mais il n'avait balancé qu'un moment avant de précipiter sa course, avec le même geste de suffocation et d'appel à la lune, sur l'autre versant de la côte qu'il venait, au retour, de gravir plus lentement.

« Deux heures », compta Philippe, l'oreille tendue vers l'horloge du village. Les quatre quarts cristallins, les deux heures graves voyagèrent mollement dans la brume saline et tiède. Il ajouta, rituellement : « Le vent a tourné, on entend l'horloge de l'église, c'est changement de temps... » et le son de la phrase familière lui parvint de très loin, d'une vie révolue... Il s'assit sur le rebord gazonné d'une plate-bande, devant la villa, pleura brusquement, et se fit honte de ses larmes, jusqu'au moment où il prit conscience qu'il pleurait avec plaisir.

Quelqu'un, à côté de lui, exhala un grand soupir ; le chien du gardien, indistinct à ses pieds, somnolait sur l'allée sablée. Phil se pencha, caressa le poil de sanglier, le nez sec de la bête amie qui n'avait pas aboyé.

– Fanfare... mon vieux Fanfare...

Mais le chien, âgé et d'un caractère breton, se leva et s'alla recoucher hors de portée, avec un bruit de vieux sac.

La marée de morte-eau, endormie sous la brume au bas du pré, envoyait à la plage une petite vague exténuée, qui claquait faiblement comme un linge mouillé, de minute en minute. Aucun oiseau ne veillait, hors une chevêche qui imitait narquoisement le chat, tantôt à la cime d'un tremble plus blanc que la brume, tantôt sur la haie de fusains.

Lentement, la pensée de Philippe réintégra le décor familier et méconnaissable. Cette paix nocturne, qui dépossède l'homme, lui offrait le refuge, la transition nécessaire entre sa vie ancienne, son doux pays de tous les étés et le lieu, le climat où tournoyait un indiscernable orage de couleurs, de parfums, de lumières dont la source dissimulée épandait un dard aigu ou une nappe pâle et restreinte... Meubles et fleurs semblaient perdre leur équilibre et montrer, ceux-là leurs maigres jambes de biches, celles-ci le dessous pelucheux de leurs feuilles, leurs tiges rigides dans une eau pure. Lieu, climat traîtres où une main, une bouche de femme déchaînaient à leur gré l'anéantissement d'un univers tranquille, le cataclysme qu'avait béni – comme le pont lumineux qui se lève dans le ciel après la foudre – l'arc d'un bras nu.

Du moins, cette tourmente qu'il venait de traverser, il la laissait derrière lui. Il n'en rapportait avec lui qu'une fatigue de nageur, une mansuétude vague et universelle de naufragé touchant terre. Plus favorisé que tels jeunes hommes qui viennent, souvent en se déchirant eux-mêmes, d'échanger une longue angoisse, féconde en rêveries illimitées, contre un plaisir qui désormais bornera leurs rêves, il revenait, lourd seulement de stupeur normale, conscient à la manière du buveur gorgé qui sent osciller, quand il bouge, la masse refroidie du vin d'où s'évada l'esprit brûlant et léger.

Le jour était loin encore, mais déjà une moitié de la nuit, plus claire que l'autre, divisait le ciel. Un très petit animal, hérisson ou rat, gratta la terre en trottant. Le premier souffle avant-coureur de l'aurore roula sur l'allée quelques pétales, les délaissa, s'évanouit, et tout redevint immobile. Trois heures s'égrenèrent rêveusement à l'horloge lointaine, la première limpide et proche, les deux autres étouffées d'une bouffée de vent. Un couple de courlis passa au-dessus de Philippe, assez bas pour qu'il entendît le cri de voilure de leurs ailes tendues, et leur piaulement sur la mer plongea, dans la mémoire ouverte et sans défense de l'adolescent, jusqu'au fond de quinze années pures, suspendues à un rivage blond, à une enfant qui à ses côtés grandissait, portant sa tête blonde et droite comme un épi.

Il se leva, avec un effort physique pour se reconnaître, pour obliger celui qui venait de se reposer là – près de la barrière blanche, près du chien couché – à être le même que celui qui, la veille, se tournait avec crainte vers *Ker-Anna* en s'appuyant à la barrière blanche, en caressant distraitement le chien couché. Mais il ne le put.

Il passa sur son visage ses deux mains chaudes, qui lui semblèrent plus douces que de coutume, imprégnées d'un parfum qui s'envolait quand il le voulait fixer sous ses narines, mais qui vibrait alentour, comme fait l'arôme de certaines plantes odoriférantes à feuilles fragiles. À cet instant, la lueur d'une lampe, entre les lames des persiennes, brilla, et s'éteignit peu après, dans la chambre de Vinca.

« Elle ne dort pas. Elle vient de regarder l'heure. Pourquoi ne dort-elle pas ? »

À travers les murs, il sut comment, d'un bras étendu, Vinca avait allumé la lampe, regardé la petite montre suspendue au lit de cuivre, puis rejeté sur l'oreiller, en éteignant la lampe, sa tête et sa chevelure qui sentait l'enfant soigné et la lavande. Il sut qu'à cause de la nuit lourde, une épaule brunie, jarretée de blanc à la place où l'épaulette du maillot de bain la gardait du soleil, demeurait nue, et la forme du long corps vigoureux de son amie – corps familier, pourvu chaque année de beautés nouvelles et prévues – lui apparut pour le frapper de stupeur.

Qu'y avait-il de commun entre ce corps, entre l'emploi que l'amour en pouvait faire, entre ses fins inévitables, et la destinée d'un autre corps de femme, voué à des rapts délicats, doué d'un génie spoliateur, d'une implacabilité passionnée, d'une enchanteresse et hypocrite pédagogie ?

– Jamais ! dit-il à voix haute.

Hier encore, il mesurait d'un cœur patient le temps au bout duquel Vinca lui appartiendrait. Aujourd'hui, pâli d'un enseignement qui laissait à son corps le tremblement et la suavité de la défaite, Philippe reculait de tout son être devant une image insensée...

– Jamais !

L'aube venait, rapide. Mais aucun vent ne chassait la brume saline où le rouge de l'aurore levante gagnait par nappes. Philippe franchit le seuil de la villa, monta sans bruit vers sa chambre qu'une nuit étouffante emplissait encore, et il ouvrit les volets, avec la hâte d'affronter, dans un miroir, sa nouvelle figure d'homme...

Il vit, dans un visage que la lassitude amincissait, des yeux languissants, agrandis par leur cerne, des lèvres qui, d'avoir touché une bouche rougie, demeuraient un peu fardées, des cheveux noirs en désordre sur le front – des traits plaintifs, et moins pareils à ceux d'un homme qu'à ceux d'une jeune fille meurtrie.

12

Les cris des chardonnerets, au moment où Philippe s'endormit, réclamaient déjà les graines que Vinca leur jetait à poignées, le matin. Le palpitant sommeil de Philippe souffrit de leurs cris légers, et son demi-songe les muait en petits copeaux de métal roulé, arrachés au casque douloureux qui coiffait son crâne. Le trop beau jour retentissait de poules pondeuses, d'abeilles, de batteuse à blé quand il s'éveilla tout à fait ; la mer verdissait, rebroussée par le vent frais du nord-ouest, et Vinca riait, vêtue de blanc, sous la fenêtre.

– Qu'est-ce qu'il a ? Mais qu'est-ce qu'il a ? Eh, Phil ? C'est la maladie du sommeil ?

Et les Ombres familières, devenues presque invisibles comme la tache ancienne du mur, comme le lierre ou le lichen, les Ombres dédaignées par les deux adolescents, répétaient autour d'elle :

– Qu'est-ce qu'il a ? Mais qu'est-ce qu'il a ? Il a mangé du pavot !

Il les regardait, du haut de sa fenêtre. Il avait la bouche entrouverte, une sorte d'horreur ingénue sur ses traits, et une telle pâleur que le rire de Vinca s'éteignit, éteignant les autres rires :

– Oh !... mais tu es malade ?

Il se jeta en arrière, comme si Vinca lui eût lancé un caillou.

– Malade ? Tu vas voir si je suis malade ! D'abord, quelle heure est-il ?

Les rires reprirent en bas :

– Onze heures moins le quart, grande marmotte ! Viens te baigner !

Il acquiesça de la tête, referma la fenêtre, et les vitres tendues de tulle le refoulèrent vers l'abîme nocturne où le remous d'un souvenir s'étirait, noir, onctueux, prélassé entre des saillies lumineuses qui se hissaient au jour et y prenaient la couleur de l'or, de la chair, l'éclat d'un œil mouillé, d'une bague ou d'un ongle...

Il jeta son pyjama de nuit, entra impétueusement dans son maillot de bain, et au lieu de descendre demi-nu, comme tous les jours, il noua soigneusement la corde de son peignoir.

Vinca l'attendait sur le pré de mer et cuisait paisiblement au soleil ses hautes jambes, ses bras déliés d'un brun-roux de pain campagnard. Le bleu incomparable de ses yeux, sous le foulard bleu déteint, emplit Philippe d'une soif d'eau fraîche, d'un désir de lame salée et de brise. En même temps, il contemplait la force évidente d'un corps chaque jour féminisé, les durs genoux ciselés finement, les longs muscles des cuisses et les reins fiers.

« Comme elle est solide ! » pensa-t-il, avec une sorte de crainte.

Ils plongèrent ensemble, et tandis que Vinca battait joyeusement des jambes et des bras le flot faible, et crachait l'eau en chantant, Philippe, pâle, luttait contre son frisson et nageait les dents serrées. Les pieds nus de Vinca ayant serré l'un de ses pieds, Phil cessa soudain de nager, coula à pic et reparut quelques secondes après. Mais il n'usa point de représailles et méprisa les us quotidiens, cris, joutes et combats de phoques, qui faisaient de leur bain la meilleure heure de la journée.

Le sable chaud les reçut, et ils s'étrillèrent en conscience, Vinca, armée d'un galet, visa un petit récif cornu, l'atteignit à cinquante mètres, et Philippe s'émerveilla avec défiance, oubliant qu'il avait formé lui-même sa petite amie à ces jeux garçonniers. Il se sentait doux, supérieur à lui-même, voisin de la défaillance, et nulle arrogance masculine ne révélait qu'il avait fui la maison de son enfance, la nuit d'avant, pour courir à sa première aventure d'amour.

– Midi ! Phil ! Midi qui sonne à l'église, tu entends ?

Debout, Vinca secouait les pointes humides et égales de ses cheveux. Ses premiers pas vers la villa écrasèrent un petit crabe qui craqua comme une noix, et Philippe eut une crispation pénible.

– Quoi ? dit Vinca.

– Tu as écrasé ce petit crabe...

Elle se retourna, montra au grand soleil ses joues comme la pêche brune, ses yeux d'un bleu définitif, ses dents blanches et le rouge intérieur de sa bouche :

– Après ? C'est le premier ? Et quand tu appâtes le havenet avec un crabe découpé ?

Elle courut devant Philippe et franchit d'un saut un creux de dune. Pendant un fragment de seconde, il la vit suspendue, détachée de la terre, les pieds joints, penchée et les bras arrondis comme si elle cueillait une brassée d'air.

« Je croyais qu'elle était douce », songea Philippe.

Le déjeuner l'empêcha de rejoindre son souvenir nocturne, assoupi à cette heure du milieu de jour, et mouvant à peine au fond de son gîte noir. Il subit des compliments sur sa pâleur poétique, des critiques sur son silence et son manque d'appétit. Vinca dévorait, et rayonnait d'une blessante allégresse. Phil l'observait sans bienveillance, notait la vigueur des mains concassant le homard, l'altier mouvement du cou rejetant les cheveux.

« Je devrais me réjouir, pensait-il. Elle ne se doute de rien. » Mais en même temps il souffrait de cette sérénité inexorable, et exigeait au fond de lui-même que Vinca fût tremblante comme une graminée, consternée d'une trahison qu'elle eût dû sentir errer comme un de ces orages hésitants qui tournent, l'été, autour de la baie bretonne.

« Elle dit qu'elle m'aime. Elle m'aime. Elle était pourtant plus inquiète, *avant*... »

Après le déjeuner, Vinca dansa, avec Lisette, au son du phonographe. Elle exigea que Philippe dansât aussi. Elle consulta le calendrier des marées, prépara les filets pour la marée basse de quatre heures, environna Philippe et la villa de cris de lycéen, d'appels à la ficelle goudronnée, au vieux couteau de poche, répandit sur ses pas l'odeur de son chandail de pêche, troué, qui sentait l'iode et l'algue. Philippe, las, envahi enfin du sommeil qui suit les catastrophes et les très grands bonheurs, la suivait d'un regard vindicatif et serrait nerveusement les poings.

« Ce qu'avec trois mots je la ferais taire !... » Mais il savait qu'il ne dirait pas les trois mots, et il languissait de l'envie de dormir dans un creux de sable chaud, la tête sur les genoux de Vinca...

Ils trouvèrent le long de la côte des crevettes, des trigles qui gonflaient d'air, pour épouvanter l'agresseur, leurs éventails de nageoires et leur gorge arc-en-ciel. Mais Phil suivait mollement les petits gibiers du roc et de la vague. Il endurait mal le soleil reflété dans les flaques et glissait comme un novice sur les chevelures gluantes des zostères. Ils capturèrent un homard et Vinca fourgonna terriblement le « quai » où habitait un congre.

— Tu vois bien qu'il y est ! cria-t-elle en montrant le bout du crochet de fer, teint de sang rose.

Phil pâlit et ferma les yeux.

– Laisse cette bête ! dit-il d'une voix étouffée.

– Penses-tu ! Je te garantis que je l'aurai... Mais qu'est-ce que tu as ?

– Rien.

Il cachait de son mieux une douleur qu'il ne comprenait pas. Qu'avait-il donc conquis, la nuit dernière, dans l'ombre parfumée, entre des bras jaloux de le faire homme et victorieux ? Le droit de souffrir ? Le droit de défaillir de faiblesse devant une enfant innocente et dure ? Le droit de trembler inexplicablement, devant la vie délicate des bêtes et le sang échappé à ses sources ?...

Il aspira l'air en suffoquant, porta les mains à son visage et éclata en sanglots. Il pleurait avec une violence telle qu'il dut s'asseoir, et Vinca se tint debout, armée de son crochet mouillé de sang, comme une tortionnaire. Elle se pencha, n'interrogea pas, mais écouta en musicienne l'accent, la modulation nouvelle et intelligible des sanglots. Elle étendit une main vers le front de Philippe, et la retira avant le contact. La stupeur quitta son visage, où montèrent l'expression de la sévérité, une grimace amère et triste qui n'avait point d'âge, un mépris, tout viril, pour la faiblesse suspecte du garçon qui pleurait. Puis elle ramassa avec soin son cabas de raphia où sautaient des poissons, son havenet, passa son crochet de fer à sa ceinture comme une épée, et s'éloigna d'un pas ferme, sans se retourner.

13

Il ne la revit qu'un peu avant le dîner. Elle avait échangé ses vêtements de pêche contre la robe de crépon bleu, fidèle à la couleur de ses yeux, festonnée de rose. Il remarqua qu'elle était chaussée de bas blancs et de souliers de daim, et cet apprêt dominical l'inquiéta.

– Il y a du monde à dîner? demanda-t-il à l'une des Ombres familiales.

– Compte les couverts, répondit l'Ombre en haussant les épaules.

Août finissait, et l'on dînait déjà à la lueur des lampes, les portes ouvertes sur le couchant vert où nageait encore un fuseau de cuivre rose. La mer déserte, d'un bleu-noir d'hirondelle, dormait, et quand les dîneurs se taisaient, on entendait le petit flux lassé et régulier des marées de morte-eau. Philippe chercha, entre les Ombres, le regard de Vinca, pour éprouver la force de ce fil invisible qui les liait l'un à l'autre depuis tant d'années et les préservait, exaltés et purs, de la mélancolie qui accable les fins de repas, les fins de saison, les fins de journée. Mais elle baissait les yeux sur son assiette, et la lumière de la suspension polissait ses paupières bombées, ses joues rondes et brunes, son petit menton. Alors il se sentit abandonné et chercha – par-delà la presqu'île en forme de lion qui s'avançait, sommée de trois étoiles tremblantes, sur la mer – le chemin, blanc dans la nuit, qui menait à *Ker-Anna*. Quelques heures encore, un peu plus de cendre bleue dans ce ciel que le couchant teignait d'aurore, encore quelques phrases rituelles : « Eh, eh, déjà dix heures. Les enfants, vous n'avez pas l'air de vous douter qu'on se couche à dix heures, ici? » « Je n'ai pourtant rien fait d'extraordinaire, madame Audebert, eh bien, je me sens fatiguée comme si je n'avais pas arrêté... » Encore quelques tintements de vaisselle, le dur clapotis des dominos sur la table nue, encore une protestation gémissante de Lisette qui, endormie aux trois quarts, refuserait de se coucher... Encore une tentative pour reconquérir le regard, le sourire intérieur, la confiance de Vinca mystérieusement blessée, et l'heure sonnerait, la même heure qui avait vu, la veille, Philippe s'en aller furtivement... Il y songea sans désir précis, sans dessein, et comme contraint, par l'humeur de Vinca, de battre en retraite vers un autre refuge, une autre douce épaule, une chaleur efficace, urgente à ce convalescent du plaisir, meurtri en outre par l'hostilité passionnée d'une adolescente...

Les rites s'accomplirent, un à un ; une servante emporta Lisette geignante, et Mme Ferret posa, sur la table miroitante, le double-six.

– Tu viens dehors, Vinca ? C'est assommant, ces bombyx qui se cognent à toutes les lampes...

Elle le suivit sans répondre et ils trouvèrent encore, près de la mer, cette clarté qu'y abandonne longtemps le crépuscule.

– Tu ne veux pas que j'aille te chercher ton écharpe ?

– Non, merci.

Ils marchèrent tous deux, baignés d'une buée bleue très légère qui montait du pré de mer, et qui sentait le serpolet. Philippe se retint de prendre le bras de son amie, et s'épouvanta de sa discrétion.

« Mon Dieu, qu'y a-t-il entre nous ? Sommes-nous perdus l'un pour l'autre ? Puisqu'elle ignore ce qui s'est passé *là-bas*, je n'ai peut-être, moi, qu'à l'oublier, et nous redeviendrons heureux comme avant, malheureux comme avant, unis comme avant ? »

Mais il n'ajoutait pas à son souhait la foi hypnotique puisque Vinca marchait à son côté, froide et douce comme si son grand amour l'eût quittée, et qu'elle ne percevait pas l'angoisse de son compagnon. Aussi bien Phil sentait approcher *l'heure* et souffrait d'une trépidation pareille à la fièvre qu'il eut le lendemain du jour où, piqué par une vive, il sentait dans son bras pansé la brûlure qu'y réveillait la marée montante...

Il s'arrêta, s'essuya le front :

– J'étouffe. Je ne suis pas bien, Vinca.

– Oh ! non, pas bien, dit en écho la voix de Vinca.

Il crut à une trêve, s'empressa de la voix et du geste :

– Oh ! tu es gentille ! Oh ! chérie !...

– Non, interrompit la voix, je ne suis pas gentille.

La phrase enfantine laissa de l'espoir à Philippe, qui saisit le bras nu de son amie.

– Tu m'en veux, je sais bien, d'avoir pleuré aujourd'hui comme une femme...

– Non, pas comme une femme...

Il rougit dans l'ombre, et tenta de s'expliquer :

– Tu comprends, ce congre que tu tourmentais dans son trou... Le sang de cette bête sur ton croc à homards... J'en ai eu brusquement le cœur tourné.

– Ah ! oui, le cœur... tourné...

Le son de la voix fut si intelligent que Philippe retint son souffle effrayé. « Elle sait tout. » Il attendit l'écrasant récit, et l'explosion des larmes, des plaintes. Mais Vinca resta muette, et après un long temps, comme après la pause calme qui suit la foudre, il risqua une question timide :

– Et cette faiblesse-là suffit pour que tu aies l'air de ne plus m'aimer ?

Vinca tourna vers lui la tache nébuleuse et claire de son visage, serré entre les deux haies rigides de ses cheveux :

– Oh ! Phil, je t'aime toujours. Malheureusement, ça n'y change rien.

Il sentit son cœur bondissant heurter sa gorge :

– Oui ? Alors tu vas me pardonner d'avoir été si « petite fille », si ridicule ?

Elle n'hésita qu'une seconde :

– Mais oui. Je vais te pardonner, Phil. Mais ça aussi, ça n'y change rien.

– À quoi ?

– À nous, Phil.

Elle parlait avec une douceur sibylline, qu'il n'osa interroger davantage, et dont il n'osa se réjouir. Vinca le suivit sans doute dans son mouvement de repli mental, car elle ajouta subtilement :

– Tu te souviens des scènes que tu me faisais, et des miennes, il n'y a pas trois semaines, parce que nous nous impatientions d'avoir quatre ans, cinq ans, à nous morfondre avant de nous marier ?... Mon pauvre Phil, je crois bien que j'aimerais retourner en arrière – et redevenir enfant, aujourd'hui.

Il attendit qu'elle soulignât, qu'elle commentât cet habile, cet insidieux « aujourd'hui » suspendu devant lui dans l'air pur et bleu de la nuit d'août. Mais Vinca savait déjà s'armer de silence. Il insista :

– Alors, tu ne m'en veux plus ? Demain nous serons... nous serons Vinca et Phil, comme toujours ? Pour toujours ?

– Pour toujours, si tu le veux, Phil... Viens. Rentrons, il fait frais.

Elle n'avait pas répété après lui « comme toujours ». Mais il se contenta de ce serment incomplet et de la froide petite main serrée un moment dans la sienne, car à cet instant la chaîne du puits déroulée, le tocsin du seau vide sur la margelle, le grincement des rideaux au long de leur tringle dans une fenêtre ouverte, les derniers bruits humains de la journée sonnèrent pour Philippe l'heure, la même heure qu'il avait guettée, la veille, pour rouvrir la porte de la villa et s'élancer secrètement... Ah ! la sourde et rouge lumière d'une chambre inconnue... Ah ! le noir bonheur, la mort atteinte par degrés, la vie recouvrée par lents coups d'aile...

Comme s'il eût attendu, depuis la veille, une sorte d'absolution de Vinca, absolution ambiguë qu'elle venait de lui accorder avec tant de sincérité dans l'accent, tant de réticence dans les mots, il évalua soudain, en homme, le don qu'une belle démone autoritaire lui avait remis.

14

– Il est fixé, le jour de votre départ pour Paris ? demanda Mme Dalleray.

– C'est toujours le 25 septembre que nous devons rentrer, répondit Philippe. Quelquefois, selon la place des dimanches dans le mois, notre départ tombe le 23 ou le 24, ou le 26. Mais ça ne varie guère de plus de deux jours.

– Oui... En somme, vous partez dans une quinzaine, à cette heure-ci...

Philippe détacha son regard de la mer, plate et blanche près des sables, au loin couleur de dos de thon sous les nuées basses et se tourna avec étonnement vers Mme Dalleray. Enroulée dans une étoffe ample et blanche comme la robe des femmes de Tahiti, elle fumait gravement, coiffée net, poudrée d'une poudre de la même couleur que sa peau, et rien en elle ne révélait que ce jeune homme assis non loin d'elle, beau et brun comme elle, lui fût autre chose qu'un jeune frère.

– Alors, dans une quinzaine, à cette heure-ci, vous serez... où ?

– Je serai... au Bois, sur le lac. Ou bien au tennis de Boulogne, avec... avec des amis.

Il rougit, car il n'avait retenu qu'au bord de ses lèvres le nom de Vinca et Mme Dalleray sourit, de ce sourire viril qui lui donnait souvent l'air d'un beau garçon. Philippe se détourna vers la mer, pour cacher du moins son visage, où paraissait une humeur méchante de petit dieu fâché. Une main ferme et veloutée se posa sur la sienne. Alors, sans qu'il quittât du regard la mer ternie, une expression d'agonie bienheureuse monta de sa bouche desserrée à ses yeux dont l'éclat blanc et noir s'éteignit entre les paupières...

– Il ne faut pas être triste, dit doucement Mme Dalleray.

– Je ne suis pas triste, protesta vivement Philippe. Vous ne pouvez pas comprendre...

Elle inclina sa tête aux cheveux lustrés.

– C'est juste, je ne peux pas comprendre. Pas tout.

– Oh...

Philippe contempla, avec une défiance religieuse, celle qui l'avait délivré d'un secret redoutable. Ces petites oreilles rougies retentissaient-elles encore d'un cri bas, étouffé comme le cri d'un être à qui on coupe la gorge ? Ces bras, riches de muscles à peine visibles, l'avaient porté, léger, évanoui, de ce monde dans un autre monde ; cette bouche, avare de paroles, s'était penchée pour transmettre à sa bouche un seul mot tout-puissant et pour murmurer, indistinct, un chant qui venait, écho affaibli, des profondeurs où la vie est une convulsion terrible... Elle savait tout...

– Pas tout, répéta-t-elle, comme si le silence de Philippe eût quêté une réponse. Mais vous n'aimez pas que je vous pose des questions. Et je suis quelquefois un peu indiscrète...

« Comme l'éclair, oui, pensa Philippe. Le temps d'un zigzag de foudre, on est bien forcé de lui livrer ce que le grand jour même laisse dans l'ombre... »

– Et je voulais savoir seulement si vous seriez bien aise de me quitter.

Le jeune homme baissa les yeux sur ses pieds nus. Un vêtement lâche, de soie brodée, le déguisait en prince oriental, et l'embellissait.

– Et vous ? demanda-t-il avec gaucherie.

La cendre de la cigarette que tenaient les doigts de Mme Dalleray tomba sur le tapis.

– Je ne suis pas en question. Il s'agit de Philippe Audebert et non de Camille Dalleray.

Il leva les yeux sur elle avec l'étonnement que lui causait, encore une fois, le prénom insexué. « Camille... C'est vrai, qu'elle s'appelle Camille. Elle pourrait s'en dispenser. Je la nomme en moi Mme Dalleray, la Dame en blanc, ou Elle... »

Elle fumait lentement, et contemplait la mer. Jeune ? Certainement jeune, trente à trente-deux ans. Impénétrable comme sont les êtres calmes, dont le maximum d'expression ne dépasse pas l'ironie tempérée, le sourire et la gravité. Sans détourner son regard de l'étendue où couvait l'orage, elle posa de nouveau sa main sur celle de Philippe qu'elle serra, indifférente à lui et pour son seul plaisir égoïste. Sous cette main petite et puissante, il parla, contraint de verser son aveu, comme un fruit pressé répand son suc :

– Si, je serai triste. Mais j'espère ne pas être malheureux.

– Oui ? Et pourquoi l'espérez-vous ?

Il lui sourit faiblement, fut touchant, maladroit, tel qu'elle aimait secrètement qu'il fût.

– Parce que, répondit-il, je pense que vous arrangerez quelque chose... Oui, vous arrangerez quelque chose ?

Elle leva l'épaule, haussa ses sourcils persans. Elle se força un peu pour donner à son sourire la sérénité et le dédain habituels.

– Quelque chose... répéta-t-elle, c'est-à-dire, si j'entends bien, que je vous inviterai chez moi, comme je fais ici, si cela me plaît encore, et vous n'aurez à vous soucier que de me rejoindre, à l'heure que vos obligations scolaires et... familiales vous imposeront ?

Il se montra surpris du ton, mais soutint le regard de Mme Dalleray :

– Oui, répondit-il. Que ferais-je d'autre ? Me le reprochez-vous ? Je ne suis pas un petit vagabond libre. Et je n'ai que seize ans et demi.

Elle rougit lentement.

– Je ne vous reproche rien. Mais est-ce que vous n'imaginez pas qu'une femme... une autre femme que moi, naturellement, pourrait être choquée de comprendre que vous désirez, d'elle, une heure de solitude – seulement, seulement cela ?

Phil l'écoutait avec une attention loyale d'écolier, ses yeux grands ouverts attachés à cette bouche réticente, à ces yeux jaloux qui, pourtant, ne revendiquaient rien.

– Non, dit-il sans hésiter. Je ne conçois pas que vous puissiez en être blessée. « Seulement cela ? » Oh... seulement cela...

Il se tut, interrompu de nouveau par la même pâleur, la même consternation bienheureuse, et la tranquille hardiesse de Camille Dalleray vacilla, mesurant le respect qu'elle devait à son œuvre. Comme ébloui, Philippe laissa tomber sa tête en avant, et ce mouvement de soumission enivra un moment la conquérante.

– Vous m'aimez ? dit-elle à voix basse.

Il tressaillit, la regarda, effrayé.

– Pourquoi... pourquoi me le demandez-vous ?

Elle reprit son sang-froid, son sourire dubitatif.

– Pour jouer, Philippe...

Il ne cessa pas tout de suite de l'interroger des yeux, en la blâmant d'être téméraire en paroles.

« Un homme fait m'eût dit "oui", songeait-elle. Mais cet enfant, si j'insiste, va pleurer et me crier dans ses larmes, à travers des baisers, qu'il ne m'aime pas. Vais-je insister ? Alors il me faudra le chasser, ou bien l'écouter en tremblant, et apprendre de sa bouche la limite précise de mon avantage ? »

Elle éprouva, au niveau du cœur, une petite contraction pénible, et se leva nonchalamment pour aller à la baie ouverte, comme si elle oubliait la présence de Phil. L'odeur des petites moules bleues, découvertes depuis quatre heures au bas des rochers et altérées d'eau de mer, entrait avec l'épais parfum de sureau bouilli qu'exhalaient les troènes à bout de floraison.

Accoudée, distraite en apparence, Mme Dalleray sentait derrière elle la présence du jeune homme étendu, et portait le poids d'un souhait qui ne la quittait pas.

« Il m'attend. Il calcule le plaisir qu'il peut espérer de moi. Ce que j'ai obtenu de lui était à la portée de n'importe quelle autre passante. Mais ce petit-bourgeois timoré se gourme quand je lui demande des nouvelles de sa famille, fait des façons pour me parler de son collège, et s'enferme dans un bastion de silence et de pudeur avec le nom de Vinca... Il n'a appris de moi que le plus facile... Le plus facile... Il apporte ici, dépose et reprend en même temps que son vêtement, chaque fois, ce... cet... »

Elle s'aperçut qu'elle venait d'hésiter devant le mot « amour » et elle quitta la fenêtre. Philippe la regardait approcher avidement. Elle lui mit ses bras sur les épaules, et d'une poussée un peu brutale fit chavirer, sur son bras nu, la tête brune. Ainsi chargée, elle se hâta vers l'étroit et obscur royaume où son orgueil pouvait croire que la plainte est l'aveu de la détresse, et où les quémandeuses de sa sorte boivent l'illusion de la libéralité.

15

Une pluie légère, pendant quelques heures de nuit, avait vaporisé les sauges, vernissé les troènes, les feuilles immobiles du magnolia, et emperlé sans les crever les gazes protectrices dont s'enveloppait, dans un pin, le nid des chenilles processionnaires. Le vent laissait en repos la mer, mais chantait sous les portes avec une voix faible et tentatrice, chargée de souvenirs de l'an passé, qui parlait sourdement de marrons grillés et de pommes mûres... À son instigation, Philippe revêtit en se levant un chandail bleu sombre sous sa veste de toile, déjeuna le dernier, comme il lui arrivait souvent depuis que son sommeil, moins pur et moins tranquille, commençait plus tard dans la nuit. Il courut, quêtant Vinca, comme il eût cherché, en dépassant l'ombre d'un mur, une terrasse lumineuse. Mais il ne la trouva ni dans le hall, où l'humidité ranimait l'odeur de boiserie vernie et de toile de chanvre, ni sur la terrasse. Une fumée de pluie impalpable encensait l'air et adhérait à la peau sans la mouiller. Une feuille de tremble, jaune, détachée, se balança un moment devant Philippe avec une grâce intentionnelle, puis chavira et tomba roide, accrue soudain d'un poids invisible. Il tendit l'oreille, entendit dans la cuisine le bruit hivernal du charbon versé dans le fourneau. Dans une chambre, la petite Lisette protesta d'une voix aiguë, puis pleura un moment.

– Lisette ! appela Philippe. Lisette, où est ta sœur ?

– Je ne sais pas ! gémit une petite voix enrhumée de larmes.

Une rafale de vent brusque cueillit une ardoise sur le toit et la jeta en éclats aux pieds de Philippe, qui la regarda avec stupeur comme si le destin eût brisé devant lui le miroir qui promet sept ans de malheur... Il se sentit petit garçon, et très loin du bonheur. Il n'eut aucune envie d'appeler celle qui, dans la villa ombragée de pins, là-bas, de l'autre côté du cap en forme de lion, eût cependant aimé le voir pusillanime, et penchant vers l'appui de quelque indomptable énergie féminine... Il fit le tour de la maison, ne découvrit ni la tête blonde de son amie ni sa robe bleue couleur de chardon bleu, ou sa robe blanche en coton spongieux d'un blanc de champignon frais. Deux longues jambes brunes, au genou sec et fin, ne se hâtèrent pas à sa rencontre ; deux yeux bleus, riches de deux ou trois bleus et d'un peu de mauve, ne fleurirent nulle part pour désaltérer les siens...

– Vinca ! Où es-tu, Vinca ?

– Mais je suis là, répondit une voix calme tout près de lui.

– Dans la remise ?

– Dans la remise.

Accroupie, sous la lumière froide des abris sans fenêtre qui ne prennent jour que par la porte, elle remuait des étoffes répandues sur un drap usé.

– Qu'est-ce que tu fais ?

– Tu vois bien. Je range. Je trie. On part bientôt, alors il faut bien... c'est maman qui m'a dit...

Elle regarda Philippe et se reposa en croisant ses bras sur ses genoux pliés. Il lui trouva un air pauvre et patient, et s'irrita.

– Ça ne presse pas à ce point-là ! Et pourquoi fais-tu ça toi-même ?

– Qui le ferait ? Si maman s'y met, son rhumatisme du cœur la reprendra.

– Mais la femme de chambre peut bien...

Vinca haussa les épaules et reprit sa besogne, en se parlant à elle-même tout bas, comme font les vraies ouvrières, qui mènent un petit fredon humble d'abeilles occupées :

– Ça c'est les maillots de bain de Lisette... le vert... le bleu... le rayé... autant les jeter, c'est tout ce qu'ils méritent. Ça, c'est ma robe à feston rose... Elle vaut peut-être encore un blanchissage... Une paire, deux paires, trois paires d'espadrilles à moi... Et celle-là à Phil... Encore à Phil... Deux vieilles chemises en cellular à Phil... Les emmanchures sont craquées, mais les devants sont bons...

Elle tendit le tissu ajouré, découvrit deux accrocs, fit la moue. Philippe la contemplait sans gratitude, en souffrant, hostilement. Il souffrait de l'heure matinale, de l'éclairage gris sous le toit de tuiles, de la simple besogne. Une comparaison, que des heures d'amour caché, là-bas, à *Ker-Anna*, ne lui avaient point inspirée, commençait ici, comparaison qui n'atteignait pas encore la personne de Vinca, Vinca religion de toute l'enfance, Vinca délaissée respectueusement pour la dramatique et nécessaire ivresse d'une première aventure.

Une comparaison commençait ici, parmi ces hardes, éparses sur un drap reprisé, entre ces murs de brique non crépie, devant cette enfant en sarrau violâtre décoloré aux épaules. Agenouillée, elle interrompit son travail pour rejeter en arrière ses cheveux bien taillés, que le bain quotidien et l'air salé entretenaient humides et doux. Moins gaie depuis une quinzaine, elle montrait plus de calme, et une égalité d'humeur obstinée qui inquiétait Philippe. Avait-elle vraiment voulu mourir avec lui, plutôt que d'attendre le temps d'aimer librement, cette jeune ménagère coiffée à la Jeanne d'Arc ? Le garçon aux sourcils froncés mesurait le changement, mais il ne songeait presque pas à Vinca en la contemplant. Présente, le péril de la perdre cessait, et l'urgence de la recouvrer ne le tourmentait plus. Mais une comparaison commençait, à cause d'elle. La faculté nouvelle de sentir, de souffrir inopinément, l'intolérance dont l'avait doté récemment une belle pirate, s'enflammaient au moindre choc, et aussi cette loyale injustice, ce début dans l'élévation qui consiste à reprocher au médiocre sa médiocrité et sa philosophie. Il découvrait, non seulement le monde des émotions qu'on nomme, à la légère, physiques, mais encore la nécessité d'embellir, matériellement, un autel où tremble une perfection insuffisante. Il connaissait une naissante faim pour ce qui contente la main, l'oreille et les yeux – les velours, la musique étudiée d'une voix, les parfums. Il ne se le reprochait pas, puisqu'il se sentait meilleur au contact d'un enivrant superflu, et que certain vêtement de soierie orientale, endossé dans l'ombre et le secret de *Ker-Anna*, lui ennoblissait l'âme.

Il obéit, maladroitement, à un dessein imprécis et généreux. Négligeant de se révéler à lui-même qu'il souhaitait Vinca incomparable, parée, frottée de baumes, il se borna à distinguer le chagrin qu'il éprouvait à la voir prosternée, naïvement enlaidie. Quelques mots durs lui échappèrent, auxquels Vinca ne répondit pas. Il s'aigrit, et elle lui répliqua juste assez pour qu'il devînt injurieux, puis honteux de sa violence. Il mit un peu de temps et d'effort à se ressaisir, à s'excuser avec une sorte de contrition plate qui lui fut agréable. Cependant, Vinca liait, d'une main patiente, les sandales par paires, et retournait les poches des sweaters usés, pleines de coquillages roses et d'hippocampes secs...

– Aussi, c'est ta faute, conclut Philippe. Tu ne réponds rien... Alors, moi, je m'emballe, je m'emballe... Tu te laisses malmener. Pourquoi ?

Elle l'enveloppa d'un regard de femme sagace, mûrie dans les calculs et les concessions du grand amour :

– Pendant que tu me tourmentes, dit-elle, au moins tu es là...

16

« Nous finissons ici, cette année, pensait sombrement Philippe, en regardant la mer. Vinca et moi, un être juste assez double pour être deux fois plus heureux qu'un seul, un être qui fut Phil-et-Vinca va mourir ici, cette année. Est-ce que cela n'est pas terrible ? Est-ce que je ne puis pas l'empêcher ? Et je reste là... Et ce soir, après dix heures, peut-être que je m'en irai encore une fois, la dernière fois des vacances, chez Mme Dalleray... »

Il pencha la tête, d'où les cheveux noirs pendirent, pleureurs.

« S'il fallait y aller maintenant, à cette heure, chez Mme Dalleray, je refuserais. Pourquoi ? »

Blanche sous un soleil morne serré entre deux nues orageuses, la route qui menait à *Ker-Anna* collait au flanc de la colline, montait, puis cachait son but, au-delà d'un bouquet de genévriers rigides, gris de poussière. Philippe détourna les yeux, pris d'une répugnance qui ne le trompa point. « Oui... Mais ce soir... »

Après trois goûters à *Ker-Anna* il avait renoncé à ces visites diurnes, craignant l'inquiétude des siens et les soupçons de Vinca. Son extrême jeunesse, d'ailleurs, se lassait vite d'inventer des alibis. Il se méfiait aussi du parfum fort et résineux qui imprégnait *Ker-Anna* et le corps, qu'il fût nu ou voilé, de celle qu'il nommait tout bas, tour à tour avec l'orgueil d'un petit garçon libertin ou le remords mélancolique d'un époux qui a trompé une femme chérie, sa maîtresse, et parfois son « maître »...

« Que je sois découvert ou non, il nous faut finir ici. Pourquoi ? »

Aucun livre, parmi tous les livres qu'il lisait librement, les coudes dans le sable, ou retiré, par pudeur plutôt que par peur, dans sa chambre, ne lui avait enseigné que quelqu'un dût périr dans un si ordinaire naufrage. Les romans emplissent cent pages, ou plus, de la préparation à l'amour physique, l'événement lui-même tient quinze lignes, et Philippe cherchait en vain, dans sa mémoire, le livre où il est écrit qu'un jeune homme ne se délivre pas de l'enfance et de la chasteté par une seule chute, mais qu'il en chancelle encore, par oscillations profondes et comme sismiques, pendant de longs jours...

Philippe se leva, marcha le long du pré de mer, rongé et fondu au bord par les marées d'équinoxe. Un buisson d'ajoncs, refleuri, penchait vers la plage, tenu et sustenté par une chevelure maigre de racines. « Quand j'étais petit, se dit Philippe, le buisson d'ajoncs ne penchait pas vers la plage. La mer a mangé tout ça – un mètre au moins – pendant que je grandissais... Et Vinca assure que c'est le buisson d'ajoncs qui a avancé... »

Non loin du buisson d'ajoncs se creusait cette combe ronde, tapissée de chardons de dune, combe qu'à cause de la couleur des chardons bleus on nommait « les Yeux de Vinca ». C'est là qu'un jour Phil avait bottelé en cachette une gerbe de chardons en fleur, épineux hommage jeté par-dessus le mur de *Ker-Anna*. Aujourd'hui, les fleurs sèches, aux parois de la combe, semblaient brûlées... Philippe s'y arrêta un moment, trop jeune pour sourire du sens mystérieux que l'amour prête à la fleur morte, à l'oiseau blessé, à la bague rompue, et il secoua son mal, élargit ses épaules, rejeta ses cheveux d'un mouvement fier et traditionnel, en s'adressant mentalement des objurgations qui n'eussent pas déparé un roman d'aventures pour premiers communiants.

« Allons ! assez de faiblesse ! En toute vérité, je peux me dire, cette année, que je suis un homme ! Et mon avenir... »

Il s'entendit penser et rougit de lui-même. Son avenir ? Un mois plus tôt il y songeait encore. Il voyait, un mois plus tôt, cet avenir peint de détails précis et puérils sur un grand fond vague – l'avenir, et son vestibule d'examens, de baccalauréat recommencé, de travaux ingrats acceptés sans trop d'amertume parce qu'« il faut bien, n'est-ce pas ? » – l'avenir de Vinca, celui-là riche de celle-ci, l'avenir maudit ou béni au nom de Vinca.

« J'étais bien pressé, au commencement des vacances, songea Philippe. À présent... » Il eut un sourire, un regard d'homme malheureux. Sa lèvre noircissait chaque jour et la poussée du premier poil, duveteux et fin, qui est à la moustache ce que le foin forestier est à la roide herbe des champs, enflait un peu sa bouche et l'enfiévrait comme la bouche d'un enfant chagrin. C'est à cette bouche que venait et revenait impénétrable, presque vindicatif, le regard de Camille Dalleray.

« Mon avenir, voyons, mon avenir... C'est bien simple... Si je ne fais pas mon droit, mon avenir, c'est le magasin de papa, glacières pour hôtels, châteaux ; phares, pièces détachées et quincaillerie pour l'automobile. Le bachot, et tout de suite après le magasin, les clients, la correspondance... Papa n'y gagne pas de quoi avoir son auto... Ah ! il y a aussi mon service militaire... À quoi est-ce que je pense ?... Nous disons donc qu'après mon bachot... »

Son effort cassa net, refoulé par un ennui illimité, par une profonde indifférence à tout ce que cachait un futur pourtant sans secrets. « Si tu fais ton service militaire aux environs de Paris, alors moi, pendant ce temps-là... » La petite voix aimante de Vinca murmura, dans la mémoire de Philippe, vingt projets qui dataient de cet été même, et gisaient maintenant plats et pâles, découpés dans un papier où l'enluminure manquait. La zone colorée de ses espoirs ne dépassait pas la fin de la journée, l'heure de dîner, de jouer aux échecs avec Vinca ou Lisette – plutôt Lisette, dont les huit ans agressifs, l'œil aigu, la précocité calculatrice soulageaient Philippe de son faix sentimental – enfin l'heure d'aller s'offrir au plaisir... « Et encore, songea-t-il, ce n'est pas sûr que j'y aille. Non. Puisque je ne suis pas comme un fou, ni comptant les minutes ni tourné vers *Ker-Anna* comme un tournesol vers la lumière, je peux bien revendiquer le droit d'être moi-même, de continuer, de prendre goût à tout ce que j'aimais *avant*... »

Il ne prenait pas garde qu'en se servant de ce mot-là, il le plantait, rigide, entre deux parties de son existence. Il ne savait pas encore pendant combien de temps tous les événements de sa vie devraient buter contre ce jalon, repère miraculeux et banal : « Ah ! oui, c'était *avant*... Je me souviens que c'était un peu *après*... »

Il songea, dédaigneux et jaloux, à des camarades d'externat, tremblants d'attente sur un seuil ignoble qu'ils passaient en sifflotant, menteurs, décolorés de dégoût et vantards. Puis ils n'y pensaient plus, puis ils y retournaient, le tout sans interrompre l'étude, les jeux, les cigares clandestins et les débats politiques ou sportifs. « Tandis que moi... C'est donc sa faute, à Elle, si je ne souhaite rien, même pas elle ?... »

Un « bouchon » de brume, venu du large, abordait la côte. Il n'avait été qu'un petit rideau effiloché sur la mer, errant, capable à peine de cacher un îlot rocheux. Un ruisseau de vent venait de le saisir, de le brasser, et le déposait vertigineusement sur la baie, tassé, opaque. En un moment, Philippe, noyé de brume, vit disparaître la mer, la plage et la maison, et toussa dans un bain de vapeur. Habitué aux prodiges d'un climat marin, il attendit qu'un autre bras de vent dissipât celui-ci, et s'accommoda de ces limbes, de cette cécité symbolique, au fond desquels brillaient un calme visage, rejeté hors des cheveux comme une lune pure, et des mains oisives qui ne faisaient presque aucun geste. « Elle est immobile... mais qu'elle me rende, à moi, le cours du temps, la hâte, l'impatience, la curiosité... Ce n'est pas juste... Ce n'est pas juste... Je lui en veux... »

Il s'essayait à la révolte et à l'ingratitude. Un enfant de seize ans et demi ignore qu'un ordre impénétrable place, sur la route de ceux dont l'amour méditait de faire des amants trop pressés de vivre et impatients de mourir, de belles missionnaires lourdes d'un poids de chair qui arrête le temps, endort et contente l'esprit et conseille au corps de mûrir dans son ombre.

Le bouchon de brume se retira soudain, aspiré en l'air, comme un drap qu'on lève du pré, en laissant une frange d'eau éphémère à chaque glaive d'herbe, une rosée de perles aux feuilles pelucheuses, un vernis humide aux feuilles glabres.

Le soleil de septembre versa une jaune lumière nette et rajeunie sur la mer, bleue au loin, verdie au bord par les sables immergés.

Philippe respira, après le passage de la brume marine, avec le plaisir de surgir, baigné d'air et de clarté, hors d'un couloir étouffant. Il se tourna vers la terre pour voir ruisseler, entre les failles des rochers, l'or des ajoncs refleuris, et tressaillit de trouver derrière lui, comme un esprit apporté et oublié par la brume, un petit garçon silencieux.

— Qu'est-ce que tu veux, petit ? Tu n'es pas le garçon de la Cancalaise qui nous vend du poisson ?

— Si, dit le petit.

— Il n'y a personne à la cuisine ? Tu cherches quelqu'un ?

Le petit garçon secoua la poussière de ses cheveux roux.

— C'est la dame qui m'a dit...

— Quelle dame ?

— Elle m'a dit : « Tu diras à M. Phil que je suis partie. »

— Quelle dame ?

— Je ne sais pas. Elle m'a dit : « Tu diras à M. Phil que je suis forcée de partir aujourd'hui. »

— Où t'a-t-elle dit ça ? Sur la route ?

— Oui... Dans son auto.

— Dans son auto...

Philippe ferma un moment les yeux, passa la main sur son front, en sifflotant avec emphase : « Hu... hu... hu... Dans son auto... Parfaitement. Hu... Hu... » Il rouvrit les yeux, chercha le messager, qu'il ne trouva plus à sa place, et il crut à un de

71

ces rêves brefs, esquissés crûment, brutalement effacés, qu'enfante la sieste d'après-midi. Mais il aperçut, sur un sentier de falaise, l'enfant maléfique qui montrait, en s'éloignant, son chaume de cheveux et une pièce bleuâtre carrée, à sa culotte.

Philippe prit un air sot et avantageux comme si le garçonnet de Cancale eût pu le voir encore.

« Ben... ça n'y change pas grand-chose, qu'elle soit partie. Un jour plus tôt, un jour plus tard... puisqu'elle devait partir ! »

Mais un mal étrange, presque tout physique, naissait en lui, au niveau de l'estomac. Il laissa croître son mal, en penchant la tête intelligemment, et comme s'il eût écouté un conseil mystérieux.

« Peut-être qu'avec une bicyclette... Mais si elle n'est pas seule ? Je n'ai pas pensé à demander au gosse si elle était seule... »

Une automobile lointaine corna, sur la route de côte. Le son grave et soutenu suspendit un moment le mal qui étreignit Philippe, un moment après, comme la crampe d'un swing placé bas.

« Au moins, je n'ai plus besoin de me demander si j'irai ce soir chez elle... »

Il imagina soudain la villa *Ker-Anna* fermée sous la lune, les volets gris, la grille noire, les géraniums prisonniers, et frissonna. Il se coucha dans un pli du pré sec, roulé sur lui-même à la manière des jeunes chiens de chasse qui souffrent de « la maladie », et il commença à gratter l'herbe sableuse, d'un mouvement régulier de ses deux pieds. Il ferma les yeux, car la course des gros nuages, leur blanc épais et ballonné le soulevait d'une nausée légère. Il grattait rythmiquement le pré, et chantonnait en mesure. Ainsi la femme qui souffre pour mettre au monde son fruit le berce, et geint un geignement progressif, jusqu'au grand cri.

Philippe ouvrit les yeux, s'étonna, reprit ses sens.

« Mais... Qu'est-ce que j'ai ? Je le savais bien qu'elle devait partir avant nous. J'ai son adresse à Paris, son numéro de téléphone... et puis, qu'est-ce que ça me fait, qu'elle parte ? C'est ma maîtresse, ce n'est pas mon amour... je puis vivre sans elle. »

Il s'assit, écossa le long des lances d'herbe les chapelets d'escargots grimpeurs dont les vaches sont friandes. Il s'exerça au rire et à la grossièreté.

« Elle part, bon. Elle n'est peut-être pas seule, c'te femme... Elle ne s'est pas amusée à me raconter ses petites affaires, n'est-ce pas ?... Bon. Seule ou pas seule, elle part. J'y perds...

quoi ? Une nuit, la prochaine. Une nuit, avant mon départ. Une nuit, que je n'étais même pas sûr de désirer tout à l'heure. Je ne songeais qu'à Vinca... On se passera d'une nuit agréable, voilà... »

Mais une sorte de souffle passa dans son esprit, balaya le vocabulaire d'enfant de troupe, la fausse assurance, le ricanement intérieur, ne laissa qu'une surface mentale nue, refroidie, une conscience nette de ce que représentait le départ de Camille Dalleray.

« Ah... elle est partie... elle est partie, hors d'atteinte, la femme qui m'a donné... qui m'a donné... comment appeler ce qu'elle m'a donné ? D'aucun nom. Elle m'a donné. Depuis le temps où j'ai cessé d'être le petit enfant que Noël enchante, elle seule m'a donné. Donné. Elle seule pouvait reprendre, elle a repris... »

La rougeur monta à sa figure brune, une eau piquante mouilla ses yeux. Il ouvrit son vêtement sur sa poitrine, fouilla des dix doigts sa chevelure, se rendit pareil à un furieux qui sort d'un pugilat, haleta, et cria tout haut, d'une rauque voix enfantine : « C'est cette nuit-là que je voulais, justement ! »

Il tendit son visage, son torse appuyé sur ses poings, son regard, vers *Ker-Anna* invisible : déjà un amas de nimbus, occupant le sud du ciel, accablait ce sommet de colline déserté ; et Philippe accepta qu'une malice toute-puissante supprimât jusqu'au point du monde où il avait connu Camille Dalleray.

Quelqu'un toussa, à quelques pieds au-dessous de lui, sur ce sentier de sable fondant où les pierres plates et les rondins de bois, vingt fois assujettis en escalier rustique, roulaient vingt fois l'année sur la plage. Philippe vit paraître au ras du pré, et monter lentement, une tête grisonnante ; avec la virtuosité dissimulatrice qui appartient à tous les enfants, il ravala son désordre, sa fureur d'homme trahi, et attendit, muet, paisible, le passage de son père.

– Te voilà, p'tit gars ?

– Oui, papa.

– Tu es seul ? Et Vinca ?

– Je ne sais pas, papa.

Presque sans effort, Phil maintenait sur son visage son masque avenant, éveillé, de petit garçon brun. Son père, devant lui, ressemblait à son père de tous les jours : une apparence humaine agréable, un peu cotonneuse, à contours flous, comme toutes les créatures terrestres qui ne se nommaient ni Vinca, ni Philippe, ni Camille Dalleray. Phil attendit, patiemment, que son père eût repris haleine.

– Tu n'as pas pêché, papa ?

– Penses-tu ! Je me suis promené. Il y a Lequérec qui a pris une pieuvre... Tiens, tu vois ma canne ? Voilà la longueur de ses bras. C'est remarquable. Lisette en pousserait des cris ! Faites attention, tout de même, en vous baignant.

– Oh ! tu sais, papa, ce n'est pas dangereux !...

Philippe se rendit compte qu'il avait protesté sur un ton trop haut, et faux, de gaminerie. Les yeux gris, saillants, de son père, interrogèrent les siens ; il supporta mal un regard qui lui parut net, dévoilé, nettoyé de la buée isolante et protectrice derrière laquelle vivent, au milieu de leurs parents, les fils pleins de secrets.

– Ça t'ennuie, p'tit gars, ce départ ?

– Ce départ ?... Mais, papa...

– Oui. Si tu es comme moi, ça t'ennuiera un peu plus tous les ans. Le pays, la maison. Et puis les Ferret... Tu verras comme c'est rare, des amis avec qui on passe l'été tous les ans, sans se faire de mal... Jouis de ton reste, p'tit gars. Encore deux jours de bon temps. Il y en a de plus malheureux que toi.

Mais déjà il rentrait, parlant encore, parmi les ombres, d'où un mot ambigu, un regard l'avaient extrait. Philippe lui prêta son bras pour franchir la pente effritée, en lui témoignant cette froide prévenance pitoyable, qui tombe de haut de l'enfant sur le père, chaque fois que le père est un homme tranquille et mûr, et le fils un adolescent tumultueux qui vient d'inventer l'amour, les tourments de la chair et la fierté d'être seul, au milieu du monde, à souffrir sans demander de secours.

Au niveau de la terrasse plane, étroite, sur laquelle reposait la villa, Philippe abandonna le bras de son père, voulut redescendre vers la plage, rejoindre sa place marquée, depuis moins d'une heure, dans un coin précis de la solitude humaine.

– Où donc vas-tu, p'tit gars ?

– Là, papa... en bas...

– Ça presse ?... Viens un peu. Je voudrais t'expliquer des choses, pour la villa. Tu sais qu'on se décide, nous deux Ferret. On l'achète. D'ailleurs, tu le sais bien, il y a assez longtemps qu'on en parle devant vous, les enfants...

Phil ne répondit pas, n'osant ni mentir ni avouer la surdité bourdonnante qui le retranchait des conversations familiales.

– Viens, je vais t'expliquer. D'abord mon idée – d'accord avec Ferret – d'élargir la villa par deux ailes sans étage, dont

74

le dessus fournirait deux terrasses aux chambres principales du premier... Tu saisis ?

Phil hocha la tête d'un air sagace, et il tenta d'écouter honnêtement. Mais quoi qu'il fît, il perdit pied à partir d'un mot, le mot : « encorbellement » et redescendit mentalement la pente, jusqu'à l'endroit où le petit garçon maléfique lui avait dit... « encorbellement... encorbellement... J'en suis resté à encorbellement ». Cependant, il hochait la tête, et son regard, empreint d'une filiale activité, allait du visage de son père au toit suisse de la villa, du toit à la main de M. Audebert qui dessinait dans l'air une architecture nouvelle. « Encorbellement... »

– Tu saisis ? Nous ferons ça, Ferret et moi. Ou peut-être que ce sera toi, d'accord avec la petite Ferret... Car on ne sait ni qui vit ni qui meurt...

« Ah, j'entends de nouveau ! » s'écria Philippe en lui-même, avec un sursaut de délivrance.

– Ça te fait rire ? Il n'y a pas de quoi rire. Vous ne croyez jamais à la mort, gamins !

– Mais si, papa...

« La mort... Enfin, un mot familier, compréhensible... Un mot de tous les jours... »

– Il y a évidemment de grandes probabilités pour que tu épouses Vinca, plus tard. Du moins c'est ta mère qui l'assure. Mais il y a aussi de grandes probabilités pour que tu ne l'épouses pas. Qu'est-ce qui te fait sourire ?

– Ce que tu dis, papa...

« Ce que tu dis, et cette simplesse des parents, des gens mûrs, de ceux qui ont, comme ils disent, vécu, et leur candeur, et leur troublante pureté de pensée... »

– Remarque que je ne te demande pas ton avis là-dessus en ce moment. Tu me dirais : « Je veux épouser Vinca », ça me ferait autant d'effet que si tu me déclarais : « Je ne veux pas épouser Vinca. »

– Ah oui ?

– Oui. Ce n'est pas mûr. Tu es bien gentil, mais...

Les yeux gris saillants émergèrent encore une fois de la confusion universelle pour toiser Philippe.

– Mais il faut attendre. Elle ne pèsera pas très lourd, la dot de la petite Ferret. Qué que ça fait ? On se passe bien de velours et de soie et d'or, les premiers temps...

« De velours, de soie et d'or... Ah, le velours, la soie et l'or... rouge, noir, blanc – rouge, noir, blanc – et le morceau de glace, taillé comme un diamant, dans le verre d'eau... Mon velours, mon luxe, ma maîtresse et mon maître... Ah, comment se passer d'un tel superflu ?... »

– ...Travail... Commencements durs... Sérieux... Temps de penser à... l'époque où nous vivons...

« J'ai mal. Ici, à la hauteur de l'estomac. Et j'ai horreur de ce rocher violacé, sur le fond rouge sombre, blanc et noir de ce que je regarde en moi-même... »

– Vie de famille... choyé... Pardine !... Pain blanc le premier... P'tit gars... Eh ben ? eh ben ?...

La voix, les paroles intermittentes s'éteignirent dans un doux bruit d'eaux envahissantes. Philippe ne perçut plus rien, qu'un choc faible à l'épaule et un picotement d'herbe sèche contre sa joue. Puis le son de plusieurs voix perça de nouveau, comme autant d'îlots acérés, le mugissement égal et agréable des eaux, et Phil rouvrit les yeux. Sa tête reposait sur les genoux de sa mère, et toutes les Ombres, en cercle, penchaient au-dessus de lui leurs visages inoffensifs. Un mouchoir, trempé d'alcool de lavande, toucha ses narines, et il sourit à Vinca qui s'interposait, colorée d'or, de brun rosé, de bleu cristallin, entre lui et les Ombres...

– Ce pauv' coco !

– Je l'ai dit, je l'ai dit qu'il n'avait pas bonne mine !

– Nous causions tous deux, il était là, devant moi, et puis pouf !...

– Il est comme tous les garçons de son âge, incapable de surveiller son estomac, les poches bourrées de fruits...

– Et les premières cigarettes, vous les comptez pour rien ?

– Mon coco chéri !... Il a les yeux pleins de larmes...

– Naturellement ! C'est la réaction...

– D'ailleurs, ça n'a pas duré trente secondes, le temps de vous appeler. Je vous dis, il était là, nous causions tous les deux, et puis...

Phil se leva, léger, les joues froides.

– Mais ne bouge pas, voyons !

– Appuie-toi sur moi, p'tit gars...

Mais il tenait la main de Vinca, et souriait sans expression.

– C'est fini. Merci, maman. C'est fini.

– Tu ne veux pas te coucher, par hasard ?

– Oh ! non. J'aime mieux rester à l'air...

– Regardez-moi la tête de Vinca ! Il n'est pas mort, ton Phil ! Emmène-le, va. Mais restez autant que possible sur la terrasse.

Les Ombres s'éloignèrent, en peloton lent d'où s'élevaient des mains amies, des paroles d'encouragement ; un regard maternel y brilla une fois encore, et Philippe resta seul avec Vinca qui ne souriait pas. D'un mouvement de bouche, d'un signe de tête rassurant, il l'invita à la gaieté, mais elle répondit par un autre signe : « Non », et ne cessa pas de contempler

Philippe, sa pâleur qui verdissait un peu le hâle brun, ses yeux noirs où le soleil trempait un rayon roux, sa bouche entrouverte sur de petites dents épaisses... « Que tu es beau... Que je suis triste ! » disaient les yeux bleus de Vinca... Mais il n'y lisait pas de pitié, et elle lui laissait tenir sa dure main de pêcheuse et de joueuse de tennis comme elle lui eût tendu la poignée d'une canne :

– Viens, pria tout bas Philippe. Je vais t'expliquer... Ce n'est rien. Mais allons dans un endroit tranquille.

Elle vint, et ils choisirent gravement, en guise de chambre secrète, un entablement de roc, parfois mouillé par les grandes marées, fourni par elles d'un sable à gros grains, vite séché. Aucun d'eux n'avait jamais songé qu'un secret pût être confié à des tentures de cretonne claire, à des parois de pitch-pin d'une résonance musicale qui portaient d'une chambre à l'autre, la nuit, la nouvelle qu'un des habitants de la villa tournait le bouton d'un commutateur, toussait ou laissait choir une clef. Sauvages à leur manière, ces deux enfants parisiens savaient fuir l'indiscret abri humain, et cherchaient la sécurité de leur idylle et de leurs drames au milieu d'un pré découvert, sur le bord d'une aire rocheuse ou contre le flanc creux de la vague.

– Il est quatre heures, dit Philippe en consultant le soleil. Tu ne veux pas que j'aille te chercher ton goûter, avant qu'on s'installe ?

– Je n'ai pas faim, répondit Vinca. Toi, tu veux goûter ?

– Non, merci. Mon petit étourdissement m'a retiré l'appétit. Assieds-toi dans le fond, moi je suis mieux près du bord.

Ils parlaient simplement, se sachant prêts à des paroles graves, ou à un silence presque aussi révélateur.

Le soleil de septembre miroitait sur les jambes polies et brunes de Vinca, ployées au bord de sa robe blanche. Au-dessous d'eux, une houle inoffensive, que la brume en passant avait léchée et adoucie, dansait mollement, prenait par degrés sa couleur de beau temps. Les mouettes crièrent, et un chapelet de barques s'égrena, une voile après l'autre sortant de l'ombre du Meinga et gagnant la haute mer. Un chant enfantin, aigu, chevrotant, passa dans la brise ; Philippe se retourna, tressaillit et exhala une sorte de plainte irritée : tout en haut de la plus haute falaise, en cotte bleuâtre et coiffé de cheveux roux, un petit garçon...

Vinca suivit le regard de Philippe.

– Oui, dit-elle, c'est le petit garçon.

Phil reprenait son sang-froid.

– Tu parles du petit garçon, je crois, de la marchande de poisson ?

Vinca secoua la tête :

– Le petit garçon, rectifia-t-elle, qui t'a parlé tout à l'heure.

– Qui m'a...

– Le petit garçon qui est venu t'informer du départ de la dame.

Philippe haït soudain l'éclat du jour, le sable dur aux reins, et le vent modéré lui brûla la joue.

– De... de quoi parles-tu, Vinca ?

Elle ne s'abaissa pas à répondre et continua :

– Le petit garçon te cherchait, il m'a rencontrée et m'a informée la première. D'ailleurs...

Elle acheva par un geste fataliste. Phil respira profondément, avec une sorte de bien-être.

– Ah... Alors, tu savais... Qu'est-ce que tu savais ?

– Des choses sur toi... Pas depuis longtemps. Ce que je sais, je l'ai appris tout à la fois, il y a... trois ou quatre jours, mais je me doutais...

Elle se tut, et Philippe aperçut, sous les prunelles bleues, en haut de la fraîche joue enfantine de son amie, la nacre, le sillon des larmes nocturnes et de l'insomnie, ce reflet satiné, couleur de clair de lune, qu'on ne voit qu'aux paupières des femmes contraintes de souffrir en secret.

– Bon, dit Philippe. Alors nous pouvons parler, à moins que tu ne préfères ne pas parler... Je ferai ce que tu voudras.

Elle réprima un petit mouvement des coins de la bouche, mais ne pleura pas.

– Non, nous pouvons parler. Je crois que c'est mieux.

Ils éprouvèrent un amer et identique contentement à distancer, dès les premiers mots de leur entretien, le lieu commun de la dispute et du mensonge. C'est le fait des héros, des comédiens et des enfants, de se sentir à l'aise sur un plan élevé. Ces enfants espérèrent follement qu'une douleur noble pouvait naître de l'amour.

– Écoute, Vinca, lorsque pour la première fois j'ai rencontré...

– Non, non, interrompit Vinca avec précipitation. Pas ça. Je ne te demande pas ça. Je le sais. Là-bas, en bas du chemin du goémon. Penses-tu que je l'aie oublié ?

– Mais, protesta Philippe, il n'y avait rien, ce jour-là, à oublier ni à retenir puisque...

– Mais, passe ! Passe ! Crois-tu que je t'ai amené ici pour que tu me parles d'elle ?

Il sentit, à l'âpreté simple du ton de Vinca, que son propre accent venait de manquer tout ensemble de naturel et de contrition.

– Me faire le récit de vos amours, n'est-ce pas ? Pas la peine. Mercredi dernier, quand tu es rentré, j'étais levée, sans lumière... Je t'ai vu... comme un voleur... Il faisait presque jour. Et cette figure que tu avais... Alors, je me suis renseignée, tu penses... Sur la côte, tu crois que tout ne se sait pas ? Il n'y a que les parents, pour ne rien savoir...

Philippe, choqué, fronça les sourcils. La foncière brutalité féminine, soulevée en Vinca par la jalousie, l'offensait. Il s'était senti capable, en atteignant le refuge suspendu, de confiance amollie, de larmes, enclin en effet à de longs aveux...

Mais il n'admettait pas cette activité d'écorchée, cette rudesse expéditive qui brûlait les relais pittoresques et flatteurs, et tendait vers... au fait, vers quoi ?

« Elle va sans doute vouloir mourir », se dit-il. « Elle voulait déjà mourir ici même, un jour... Elle va vouloir mourir... »

– Vinca, il faut me promettre...

Elle tendit l'oreille, sans le regarder, et tout son corps exprima, dans ce mouvement léger, l'ironie et l'indépendance.

– Oui, Vinca... Il faut me promettre que ni sur ce rocher ni dans aucun lieu de la terre, tu... tu ne chercheras à quitter la vie.

Elle l'éblouit, en lui jetant au visage le rayon bleu de ses yeux grands ouverts, dans un brusque et ferme regard.

– Tu dis ? Quitter... quitter la vie ?

Il posa les mains sur les épaules de Vinca, hocha un front lourd d'expérience :

– Je te connais, chérie. D'ici même, tu as voulu, sans raisons, te laisser glisser en bas, il y a six semaines, et maintenant...

La stupeur, tandis qu'il parlait, maintenait hauts, au-dessus des yeux de Vinca, les arcs de ses sourcils. Elle secoua, d'un tour d'épaules, les mains de Philippe.

– Maintenant ?... Mourir ?... Pourquoi ?

Il rougit à ce dernier mot, et Vinca compta sa rougeur pour une réponse.

– À cause d'elle ? s'écria Vinca. Tu es fou ?

Phil arracha, d'agacement, les touffes du maigre gazon et rajeunit soudain de quatre ou cinq ans.

– On est toujours fou, quand on cherche à savoir ce que veut une femme, et quand on s'imagine qu'elle sait ce qu'elle veut !

– Mais je le sais, Phil. Je le sais très bien. Et aussi ce que je ne veux pas ! Tu peux être tranquille, je ne me tuerai pas à cause de cette femme-là ! Il y a six semaines... Oui, je me laissais glisser, là, jusqu'en bas, et je t'entraînais. Mais ce jour-là, c'était pour toi, que je mourais, et pour moi... pour moi...

Elle ferma les yeux, renversa la tête, caressa de la voix ses dernières paroles, et ressembla, avec une fidélité étrange, à toutes les femmes qui renversent le col et ferment les yeux sous un excès de bonheur. Pour la première fois, Philippe reconnut en Vinca la sœur de celle qui, les yeux clos et la tête abandonnée, semblait se séparer de lui, dans les instants même où il la tenait le mieux embrassée...

– Vinca ! Voyons, Vinca !

Elle rouvrit les yeux, se redressa.

– Quoi ?

– Eh, ne t'en va pas comme ça ! En voilà une figure de pâmoison !

– Je ne me pâme pas. C'est bon pour toi, le flacon de sels, l'eau de Cologne et tout le tremblement !

De temps en temps, la férocité enfantine se glissait entre eux, miséricordieuse. Ils y puisaient des forces, s'y retrempaient dans une lucidité anachronique, puis se rejetaient vers la folie de leurs aînés...

– Je m'en vais, dit Philippe. Tu me fais beaucoup de peine.

Vinca rit, d'un rire saccadé et déplaisant, comme n'importe quelle femme blessée.

– Charmant ! c'est toi, maintenant, à qui on fait de la peine, n'est-ce pas ?

– Mais certainement.

Elle fit un cri d'oiseau irrité, perçant, imprévu, dont Philippe tressaillit.

– Qu'est-ce que tu as ?

Elle s'était appuyée sur ses deux mains ouvertes, presque à quatre pattes, comme un animal. Il la vit soudain effrénée, empourprée de courroux. Ses deux panneaux de cheveux tendaient à se rejoindre sur sa figure penchée, et ne laissaient place qu'à sa bouche rouge et sèche, à son nez court élargi par un souffle coléreux, à ses deux yeux d'un bleu de flamme.

– Tais-toi, Phil ! Tais-toi ! Je te ferais du mal ! Tu te plains, tu parles de ta peine, toi qui m'as trompée, toi le menteur, le menteur, toi qui m'as délaissée pour une autre femme ! Tu n'as ni honte, ni bon sens, ni pitié ! Tu ne m'as amenée ici que pour me raconter, à moi, à moi, ce que tu as fait avec l'autre femme ! Dis le contraire ? Dis le contraire ? Hein, dis ?

Elle criait, à l'aise dans sa fureur féminine comme un pétrel sur une rafale. Elle retomba assise, ses mains tâtonnantes trouvèrent un fragment de rocher qu'elle lança au loin dans la mer, avec une force qui confondit Philippe.

– Tais-toi, Vinca...

– Non, je ne me tairai pas ! D'abord, nous sommes tout seuls, et puis je veux crier ! Il y a de quoi crier, je pense ? Tu m'as amenée ici parce que tu voulais raconter, repasser tout ce que tu as fait avec elle, pour le plaisir de t'entendre, d'entendre des mots... de parler d'elle, de dire son nom, hein, son nom, peut-être...

Elle le frappa soudain au visage d'un poing si imprévu et si garçonnier qu'il faillit tomber sur elle et se battre de bon cœur. Les paroles qu'elle venait de vociférer le retinrent et sa masculine et foncière décence recula devant ce que Vinca comprenait et faisait comprendre sans détour.

« Elle pense, elle croit au plaisir que j'aurais à lui raconter... Oh ! et c'est Vinca, Vinca qui imagine ces choses-là... »

Elle se tut un moment, et toussa, rouge jusqu'à la naissance de la gorge. Deux petites larmes glissèrent de ses yeux, mais elle n'était pas près encore de la douceur et du silence des larmes.

« Je n'ai donc jamais su ce qu'elle pensait ? songea Philippe. Toutes ses paroles sont aussi surprenantes que cette force que je lui ai vue souvent, quand elle nage, quand elle saute, quand elle lance des cailloux... »

Il se méfiait des mouvements de Vinca et ne la quittait pas de l'œil. La couleur rayonnante de son teint, de ses yeux, la précision de sa forme mince, le pli tendu de sa robe blanche sur ses longues jambes, reléguaient à un plan lointain la souffrance presque suave qui l'avait couché, immobile, sur l'herbe...

Il profita de la trêve, voulut montrer un sang-froid supérieur.

– Je ne t'ai pas battue, Vinca. Tes paroles le méritaient plus que ton geste. Mais je n'ai pas voulu te battre. Ç'aurait été la première fois que je me serais laissé aller à...

– Naturellement, interrompit-elle d'une voix enrouée. Tu en battras une autre avant moi. Moi, je ne serai la première en rien !

Cette voracité dans la jalousie le rassura, il faillit sourire, mais le vindicatif regard de Vinca lui déconseilla la plaisanterie. Ils demeurèrent silencieux, virent le soleil descendre derrière le Meinga et une tache rose, incurvée comme un pétale, danser à la crête de toutes les vagues.

Les clarines des vaches tintèrent en haut de la falaise. À la place où le fatal petit garçon chantait tout à l'heure, une figure cornue de chèvre noire parut, et bêla.

– Vinca chérie... soupira Philippe.

Elle le regarda avec indignation.

– C'est moi que tu oses appeler comme ça ?

Il inclina la tête.

– Vinca chérie... soupira-t-il.

Elle se mordit les lèvres, rassembla ses forces contre l'assaut des larmes qu'elle sentait monter, serrer sa gorge, gonfler ses yeux, et ne se risqua pas à parler. Philippe, appuyé de la nuque au rocher brodé d'une mousse rase et violâtre, contemplait la mer et ne la voyait peut-être pas. Parce qu'il était las, parce qu'il faisait beau, parce que l'heure, son parfum et sa mélancolie l'exigeaient, il soupirait : « Vinca chérie... » comme il eût soupiré : « Ah! quel bonheur!... » ou bien : « Que je souffre... » Sa nouvelle douleur exhalait les mots les plus anciens, les premiers mots nés sur ses lèvres ; ainsi le soldat vieilli, s'il tombe en combattant, gémit le nom d'une mère qu'il a oubliée.

– Tais-toi, méchant, tais-toi... Qu'est-ce que tu m'as fait ?... Qu'est-ce que tu m'as fait ?...

Elle lui montrait ses larmes qui roulaient sans laisser de sillons sur le velours de ses joues. Le soleil jouait dans ses yeux débordants, et élargissait le bleu de ses prunelles. Une amante, de tout blessée, assez magnifique pour tout pardonner, resplendissait dans le haut du visage de Vinca ; une petite fille désolée, un peu comique, grimaçait gentiment par sa bouche et son menton tremblant.

Sans quitter l'appui de son dur oreiller, Philippe tourna vers elle ses yeux noirs, adoucis par la langueur de son propre appel. La colère avait exprimé, de cette fillette surchauffée, une odeur de femme blonde, apparentée à la fleur de bugrane rose, au blé vert écrasé, une allègre et mordante odeur qui complétait cette idée de vigueur imposée à Philippe par tous les gestes de Vinca. Pourtant elle pleurait, et balbutiait : « Qu'est-ce que tu m'as fait ?... » Elle voulut arrêter le cours de ses larmes, et mordit une de ses mains où parut, pourpre, le demi-cercle de ses jeunes dents.

– Sauvage... dit Phil à demi-voix, avec la considération caressante qu'il eût dédiée à une inconnue.

– Plus que tu ne crois... dit-elle sur le même ton.

– Mais ne me le dis pas ! s'écria Philippe. Tes moindres paroles ont l'air d'une menace !

– Avant, tu aurais dit une promesse, Phil.

– C'est la même chose ! protesta-t-il véhément.

– Pourquoi ?

– Parce que.

Il mordilla une herbe, décidé à la prudence, et d'ailleurs incapable de préciser par des paroles les sourdes revendications de liberté mentale, de droit au délassant et courtois

82

mensonge, que son âge et la première aventure dilataient en lui.

– Je me demande, plus tard, comment tu me traiteras, Phil...

Elle semblait consternée, et vide d'arguments. Mais Philippe savait comment elle pouvait rebondir, et récupérer magiquement toute sa force.

– Ne te le demande pas, pria-t-il brièvement.

« Plus tard... plus tard... Oui, la mainmise sur l'avenir aussi... Elle a de la chance, de pouvoir penser à la couleur de l'avenir, en ce moment ! C'est son besoin d'enchaîner qui parle... Elle en est loin, de l'envie de mourir... »

Il méconnaissait, hargneux, la mission de durer, dévolue à toutes les espèces femelles, et l'instinct auguste de s'installer dans le malheur en l'exploitant comme une mine de matériaux précieux. Le soir et la fatigue aidant, il fut excédé de cette enfant combative, qui luttait d'une manière primitive pour le salut d'un couple. Il s'arracha, en pensée, à sa présence, courut à la poursuite d'une voiture roulant sur son nuage horizontal de poussière, atteignit, comme un mendiant de la route, la vitre où s'appuyait une tête assoupie sous son turban de voiles blancs... Il revit tous les détails, les cils noircis, le signe noir près de la lèvre, la narine palpitante et serrée, des traits qu'il n'avait jamais contemplés que de tout près, ah ! de si près... Égaré, effrayé, il se leva, plein de la peur de souffrir, et de la surprise d'avoir, pendant qu'il causait avec Vinca, cessé de souffrir...

– Vinca !

– Qu'est-ce que tu as ?

– Je... je crois que j'ai mal...

Un bras irrésistible empoigna le sien, l'obligea à tomber au plus sûr du nid escarpé, car il chancelait près du bord. Abattu, il ne lutta pas, et dit seulement :

– Ce serait peut-être le plus simple, pourtant...

– Ah ! la ! la !...

Elle ne cherchait pas de paroles après ce cri trivial. Elle couchait contre elle le corps du garçon affaibli, et serrait une tête brune sur ses seins qu'un peu de chair douce, toute neuve, arrondissait. Philippe s'abandonnait à une lâche et récente habitude de passivité, acquise dans des bras moelleux ; mais s'il chercha, avec une amertume à peine supportable, le parfum résineux, la gorge accessible, du moins il gémissait sans effort le nom de « Vinca chérie... Vinca chérie... ».

Elle accepta de le bercer, selon ce rythme qui balance, bras refermés et genoux joints, toutes les créatures féminines de toute la terre. Elle le maudissait d'être si malheureux et si choyé. Elle lui souhaitait de perdre la raison et d'oublier, dans le délire, un nom de femme. Elle l'apostrophait en elle. « Va, va... Tu apprendras à me connaître... Je t'en ferai voir... », mais en même temps elle écartait, du front de Philippe, un cheveu noir, comme une fêlure fine barrant un marbre. Elle savoura le poids, le contact nouveau d'un corps de jeune homme qu'hier encore elle portait, en riant et en courant, à califourchon sur ses reins. Lorsque Philippe, entrouvrant les yeux, quêta son regard en la suppliant de lui rendre ce qu'il avait perdu, elle frappa de sa main libre le sable à côté d'elle, et s'écria, au fond d'elle-même : « Ah ! pourquoi es-tu né ! » comme une héroïne d'un drame éternel.

Et cependant, elle surveillait, d'un œil agile, les abords de la villa lointaine ; elle mesurait en marin la chute du soleil : « Il est plus de six heures » ; elle notait le passage, entre la plage et la maison, de Lisette pareille à un pigeon blanc dans sa robe voletante. Elle songeait : « Nous ne devons pas rester ici plus d'un quart d'heure, ou bien on nous cherchera. Il faut que je me lave bien les yeux... » puis elle réintégrait, âme et corps, l'amour, la jalousie, la fureur lente à se calmer, les gîtes mentaux aussi rudes et aussi originels que le nid dans le rocher...

– Lève-toi, dit-elle tout bas.

Philippe se plaignit, s'alourdit. Elle devina qu'il se servait à présent de la plainte, de l'inertie, pour échapper aux reproches et aux questions. Ses bras, tout à l'heure presque maternels, secouèrent la nuque ployée, le torse chaud, et son fardeau, hors de l'étreinte, redevint le garçon menteur, mal connu, étranger, capable de la trahir, que des mains de femme avaient poli et changé...

« L'attacher, comme la chèvre noire, au bout de deux mètres de corde... L'enfermer, dans une chambre, dans ma chambre... Vivre dans un pays où il n'y aurait pas d'autre femme que moi... Ou bien que je sois tellement belle, tellement belle... Ou bien qu'il soit juste assez malade pour que je le soigne... » Les ombres mouvantes de ses pensées couraient sur son visage.

– Qu'est-ce que tu vas faire ? demanda Philippe.

Elle contempla, désabusée, les traits qui seraient sans doute, plus tard, ceux d'un homme brun assez banalement agréable, mais que la dix-septième année, pour un peu de temps encore, retenait en deçà de la virilité. Elle s'étonnait qu'un stigmate affreux, et révélateur, n'eût point marqué ce menton suave, ce nez régulier apte à exprimer la colère : « Mais ses yeux bruns, trop doux, et leur blanc-bleu pâle, ah !

84

comme je vois qu'une femme s'y est mirée... » Elle hocha la tête :

– Ce que je vais faire ? M'apprêter pour dîner. Et toi aussi.

– Et c'est tout ?

Debout, elle tirait sa robe sous sa ceinture de soie élastique et surveillait diligemment Philippe, la maison, la mer qui s'endormait et refusait, grise, refroidie, de participer à l'éclat du couchant.

– C'est tout... à moins que toi-même tu ne fasses quelque chose.

– Qu'appelles-tu quelque chose ?

– Mais... partir, aller retrouver cette dame... Décider que c'est elle que tu aimes... L'annoncer à tes parents...

Elle parlait d'un air dur et puéril, en tirant machinalement sur sa robe comme si elle eût voulu écraser ses seins.

« Elle a des seins en forme de coquilles de patelles... ou encore en forme de petites montagnes coniques sur les peintures japonaises... »

Il rougit parce qu'il avait prononcé distinctement en lui-même le mot « seins », et s'accusa de manquer au respect.

– Je ne commettrai aucune de ces sottises, Vinca, dit-il précipitamment. Mais je voudrais bien savoir ce que tu ferais, toi, si j'étais capable de tout ça, ou de la moitié seulement ?

Elle ouvrit grands ses yeux, plus bleus d'avoir pleuré, où il ne put rien lire.

– Moi ? Je ne modifierais pas ma façon de vivre.

Elle mentait et le bravait, mais sous le mensonge du regard il voyait, il tâtait la ténacité, la constance sans repos ni scrupules qui préserve l'amante et l'attache à son amant et à la vie, dès qu'elle s'est découvert une rivale.

– Tu te fais plus raisonnable que tu n'es, Vinca.

– Et toi plus précieux. Est-ce que tu n'as pas cru que je voudrais mourir, tout à l'heure ? Mourir, pour une aventure de Monsieur !

Elle le désigna, de la main ouverte, comme font les enfants qui se chamaillent

– Une aventure... répéta Philippe, blessé et flatté. Eh dame ! Tous les garçons de mon âge...

– Il faudra donc que je m'habitue, interrompit Vinca, à ce que tu ne sois, en effet, que « tous les garçons » de ton âge.

– Vinca chérie, je te jure qu'une jeune fille ne peut pas parler, ne doit pas entendre...

Il baissa les yeux, se mordit la lèvre avec suffisance, et ajouta :

– Tu peux me croire.

Il offrit la main à Vinca pour qu'elle enjambât les longs bancs schisteux couchés à l'entrée de leur abri, puis les bas bouquets d'ajoncs qui les séparaient du sentier de douane. À trois cents mètres de là, sur le pré de mer, Lisette en blanc tournait comme un volubilis blanc, et ses petits bras bruns gesticulaient, télégraphiant : « Venez ! Vous êtes en retard ! » Vinca leva les bras, répondit, mais elle se retourna encore vers Philippe avant de commencer à descendre.

– Phil, justement je ne peux pas te croire. Ou bien toute notre existence, jusqu'à aujourd'hui, n'aurait été qu'une de ces petites histoires fades comme il y en a dans les livres que nous n'aimons pas. Tu me dis : « Un jeune homme... une jeune fille... » en parlant de nous. Tu dis : « Une aventure comme tous les garçons de mon âge... » Mais, Phil, tu es quand même en faute... tu vois, je te parle tranquillement...

Il l'écoutait, un peu impatient, et perplexe car il cherchait, à cet instant même, les tisons et les épines éparpillés de son grand chagrin, et n'arrivait pas à les rassembler. L'extrême embarras de Vinca, visible sous trop d'assurance, allait encore les disperser, et le vent du soir, en outre, se levait avec une brusquerie malveillante...

– Allons ! Quoi encore ?

– Tu es quand même en faute, Phil, puisque c'est à moi que tu aurais dû demander...

Il était sans désirs, las, avide d'être seul, et pourtant plein d'appréhension au seuil de la longue nuit. Elle avait escompté le cri, l'indignation, ou bien le trouble impur : il la mesura de la tête aux pieds, entre ses cils rapprochés, et dit :

– Pauvre petite !... « Demander »... Bon. Et accorder quoi ?

Il la vit offensée et muette, la traînée pourpre de son sang vif, monté à ses joues, descendit sous la peau de sa gorge brune. Il la prit d'un bras par les épaules, et marcha serré contre elle dans le sentier.

– Vinca chérie, tu vois les bêtises que tu dis ! Des bêtises de jeune fille ignorante, Dieu merci !

– Remercie-le d'autre chose, Phil. Est-ce que tu ne crois pas que j'en sais autant que la première femme qu'il a créée ?

Elle ne s'écartait pas de lui, le regardait de côté, sans tourner la tête, puis regardait devant elle le chemin difficile, puis regardait de nouveau Philippe, dont l'attention s'attachait à cet angle d'œil que le mouvement de la prunelle faisait alternativement bleu de pervenche et blanc comme l'intérieur nacré d'une coquille.

– Dis, Phil ? Tu ne le crois pas, que j'en sais autant que...

– Chut, Vinca ! Tu ne sais pas. Tu ne sais rien.

Il suspendit leurs pas, au tournant du sentier. Tout azur avait fui de la mer, coulée dans un métal solide et gris, presque sans plis, et le soleil éteint laissait sur l'horizon une longue trace d'un rouge triste, au-dessus de laquelle régnait une zone pâle, verte, plus claire que l'aurore, où trempait l'humide étoile qui se lève la première. Philippe serra son bras autour des épaules de Vinca, étendit l'autre bras vers la mer.

– Chut, Vinca ! Tu ne sais rien. C'est... un tel secret... Si grand.

– Je suis grande.

– Non, tu ne comprends pas ce que je veux te dire...

– Si, très bien. Tu fais comme le petit garçon des Jallon, qui est enfant de chœur le dimanche. Il dit, pour se donner de l'importance : « Le latin, ah ! mais, vous savez, le latin, c'est très difficile ! » mais il ne sait pas le latin.

Elle rit tout à coup, la tête levée, et Philippe n'aima guère qu'elle passât, en si peu d'instants et avec tant de naturel, du drame au rire, et de la consternation à l'ironie. Peut-être parce que la nuit venait, il commençait à revendiquer un calme tout labouré de feux voluptueux, un silence pendant lequel le sang, bruissant aux oreilles, imite la pluie pressée ; il aspirait à la crainte, au joug presque muet et plein de périls, qui l'avait courbé sur un seuil que d'autres adolescents franchissent en titubant et en blasphémant.

– Tais-toi, va. Ne fais pas la méchante et la grossière. Quand tu sauras...

– Mais je ne demande qu'à savoir !

Elle parlait faux, et riait d'un rire de comédienne maladroite pour cacher que tout, en elle, grelottait, et qu'elle était aussi triste que toutes les enfants dédaignées qui cherchè-rent, dans le pire risque, une chance de souffrir un peu plus, et encore un peu plus, et toujours davantage, jusqu'à la récompense...

– Je t'en prie, Vinca ! Tu me fais une peine... C'est si peu toi, ce genre-là !...

Il laissa retomber le bras qu'il appuyait sur l'épaule de Vinca, et descendit plus vite vers la villa. Elle l'accompagnait, sautant, quand le sentier se rétrécissait, par-dessus les touffes d'herbes coupantes imprégnées déjà de rosée ; elle préparait, en marchant, un visage destiné aux Ombres, tout en répétant à mi-voix, pour Philippe :

– Si peu moi ?... Si peu moi ?... Voilà pourtant une chose que tu ne sais pas, Phil, toi qui sais tant de choses...

Ils furent tous deux, à table, dignes d'eux-mêmes et de leurs secrets. Philippe rit de ses « vapeurs », exigea des soins, attira sur lui l'attention parce qu'il craignait qu'on ne remarquât les yeux éclatants, cernés d'un rose meurtri, que Vinca abritait sous le chaume soyeux, coupé en frange épaisse au-dessus des sourcils. Vinca, de son côté, faisait l'enfant ; elle réclama du champagne dès le potage : « C'est pour remonter Phil, maman ! » et vida sa coupe de Pommery sans respirer.

— Vinca ! blâma une Ombre...

— Laissez donc, dit une autre Ombre indulgente, quel mal voulez-vous que ça lui fasse ?

Vers la fin du dîner, Vinca vit le regard de Philippe chercher, sur la mer nocturne, le Meinga invisible, la route blanche fondue dans la nuit, les genévriers pétrifiés sous la poussière de la route...

— Lisette, cria-t-elle, pince Phil qui est en train de s'endormir !

— Elle m'a pincé au sang ! geignit Philippe. Petite gale ! Elle m'a fait venir les larmes !

— C'est vrai, c'est vrai ! dit Vinca d'une voix perçante. Elle t'a fait venir les larmes !

Elle riait, pendant qu'il frottait son bras sous la veste de flanelle blanche ; mais il voyait aux joues de Vinca, dans ses yeux, la flamme du vin mousseux et une sorte de folie prudente qui ne le rassurait pas.

Une sirène, un peu plus tard, beugla très loin, sur la houle noire, et quelque Ombre s'arrêta de remuer, sur la table à jouer, le ventre pointillé des dominos.

— Brouillard en mer...

— Le phare de Granville balayait dans du coton, tout à l'heure, dit une autre Ombre.

Mais la voix de la sirène venait d'évoquer la trompe mugissante d'une automobile fuyant sur la route côtière, et Philippe bondit sur ses pieds.

— Ça le reprend ! railla Vinca.

Habile à se cacher, elle tournait le dos aux Ombres et son regard suivait Philippe comme une lamentation...

— Sûrement non, dit Philippe. Mais je n'en peux plus, et je demande la permission d'aller me coucher... Bonsoir, maman, bonsoir, père... Bonsoir, madame Ferret... Bonsoir...

— On te tient quitte de tes litanies, ce soir, mon garçon.

— Si on te montait une tasse de camomille légère ?

— N'oublie pas d'ouvrir ta fenêtre grande !

— Vinca, tu as porté chez Phil ton flacon de sels ?

Les voix des Ombres amies le suivirent jusqu'à la porte, en guirlande tutélaire, un peu fanée, au doux parfum fade de simples séchés. Il échangea avec Vinca le baiser quotidien qui tombait toujours à côté de la joue tendue et glissait vers l'oreille, sur le cou, ou sur le coin duveté de la bouche. Puis la porte se referma, la propice guirlande se rompit net, et il se trouva seul.

Sa chambre, béante sur la nuit sans lune, l'accueillit mal. Debout sous l'ampoule ensachée de mousseline jaune, il respira, hostile et délicat, l'odeur que Vinca nommait « l'odeur de garçon » : livres classiques, valise de cuir préparée pour le départ le surlendemain, bitume des semelles de caoutchouc, savon fin et alcool parfumé.

Il ne souffrait pas particulièrement. Mais il éprouvait ce sentiment d'exil et de fatigue totale qui n'exige plus d'autre remède que l'inconscience. Il se coucha rapidement, éteignit sa lampe et chercha d'instinct la place, contre le mur, où ses peines de petit garçon, ses fièvres de croissance avaient trouvé la nuit protectrice, l'abri du drap mieux bordé, du papier fleuri contre lequel déferlaient les songes, apportés par la pleine lune, les grandes marées ou les orages de juillet. Il s'endormit aussitôt, mais pour être assailli par les plus intolérables précisions du rêve, et les plus traditionnelles. Ici, Camille Dalleray portait le visage de Vinca ; là, Vinca, autoritaire, régnait sur lui avec une froideur impure et prestidigitatrice. Mais ni Camille Dalleray ni Vinca, dans son rêve, ne voulaient se souvenir que Philippe n'était qu'un petit garçon tendre, pressé seulement de poser sa tête sur une épaule, un petit garçon de dix ans...

Il s'éveilla, vit que sa montre marquait minuit moins le quart et que sa nuit gâchée se consumerait, fiévreuse, au centre d'une maison endormie ; il chaussa ses sandales, serra sur ses reins la cordelière de son peignoir de bain et descendit.

La lune en son premier quartier rasait la falaise. Courbe et rougeâtre, elle ne versait pas de lumière au paysage, et le phare tournant du phare de Granville semblait, à chaque feu rouge, à chaque feu vert, l'éteindre. Mais la nuit, à cause d'elle, ne submergeait pas les masses de verdure, et le crépi blanc de la villa, entre les poutres apparentes, semblait faiblement phosphorescent. Philippe laissa ouverte la porte vitrée, et entra dans cette nuit douce comme en un refuge sûr et triste. Il s'assit à même la terrasse rebelle à l'humidité, foulée et tassée par seize étés de vacances, d'où la pelle de Lisette exhumait parfois, antique et oxydé, un fragment de jouet enterré depuis dix, douze, quinze années...

Il se sentait désolé, sage, à l'écart de tous.

« Devenir un homme, c'est peut-être cela », songea-t-il. L'inconscient besoin de dédier sa tristesse et sa sagesse le tourmentait vainement, comme tous les honnêtes petits athées à qui l'éducation laïque n'a pas donné Dieu pour spectateur.

– C'est toi, Phil ?

La voix descendit jusqu'à lui comme une feuille sur le vent. Il se leva, marcha sans bruit jusqu'à la fenêtre à balcon de bois.

– Oui, souffla-t-il. Tu ne dors donc pas ?

– Naturellement non. Je descends.

Elle le rejoignit sans qu'il l'eût entendue. Il ne vit venir à lui qu'un visage clair, suspendu au-dessus d'une silhouette confondue avec la nuance même de la nuit.

– Tu vas avoir froid.

– Non. J'ai mis mon kimono bleu. D'ailleurs il fait doux. Ne restons pas là.

– Pourquoi ne dors-tu pas ?

– Je n'ai pas sommeil. Je pense. Ne restons pas là. Nous réveillerions quelqu'un.

– Je ne veux pas que tu descendes à la plage à cette heure-ci, tu t'enrhumeras.

– Ce n'est guère mon genre de m'enrhumer. Mais je ne tiens pas du tout à la plage, tu sais. On n'a qu'à se promener un peu en remontant, au contraire.

Elle parlait d'une voix insaisissable et pourtant Philippe ne perdait pas une de ses paroles. L'absence de timbre lui causait un plaisir infini. Ce n'était plus la voix de Vinca, ce n'était la voix d'aucune femme. Une petite présence, presque invisible, au ton familier, une petite présence, sans acrimonie, sans dessein sauf la promenade, sauf la veille tranquille.

Il buta contre un obstacle et Vinca le retint par la main.

– Ce sont des pots de géranium, tu ne les vois donc pas ?

– Non.

– Moi non plus. Mais je les vois comme les aveugles, je sais qu'ils sont là... Fais attention qu'il doit y avoir un empotoir par terre, à côté.

– Comment le sais-tu ?

– J'ai dans l'idée qu'il est là. Et ça ferait du bruit comme une pelle à charbon... Boum !... qu'est-ce que je te disais ?

Ce chuchotement malicieux charmait Philippe. Il eût pleuré de détente et de plaisir, à trouver Vinca si douce, toute pareille dans l'ombre à une Vinca d'autrefois qui n'avait que douze ans et qui chuchotait ainsi, penchée au-dessus du sable mouillé où la pleine lune dansait sur le ventre des poissons, pendant les pêches de minuit...

– Tu te rappelles, Vinca, la nuit où nous avons pêché, à minuit, le plus gros carrelet...

– Et ta bronchite. Ça nous a valu une bonne défense de pêcher la nuit... Écoute !... Tu as refermé la porte vitrée ?

– Non...

– Vois-tu que le vent se lève et que la porte tape ? Ah ! si je ne pensais pas à tout...

Elle disparut, revint comme un sylphe, sur des pieds si légers que Phil devina son retour au parfum que le vent portait devant elle...

– Qu'est-ce que tu sens donc, Vinca ? Comme tu es parfumée !

– Parle moins haut. J'avais chaud, je me suis fait une friction avant de descendre.

Il ne répliqua rien, mais son attention réveillée enregistra, en effet, combien Vinca pensait à tout.

– Passe, Phil, je tiens la porte. Ne marche pas dans les salades.

Dans l'encens maraîcher qui montait de la terre travaillée, on pouvait oublier le voisinage de la mer. Une basse muraille de thym compact râpa les jambes nues de Philippe et il tâta au passage les museaux de velours des mufliers.

– Tu sais, Vinca, qu'au potager on n'entend pas les bruits qui viennent de la maison, à cause du bouquet de bois ?

– Mais il n'y a pas de bruit dans la maison, Phil. Et nous ne faisons pas de mal.

Elle venait de ramasser une petite poire tombée, mûrie précocement et musquée par le ver intérieur.

Il l'entendit mordre dans le fruit, puis le jeter.

– Qu'est-ce que tu fais ? Tu manges ?

– C'est une des poires jaunes. Mais elle n'était pas assez bonne pour que je te la donne.

Une telle liberté d'esprit ne dissipa pas tout à fait la défiance vague de Philippe. Il trouvait Vinca un peu trop douce, légère et sereine comme un esprit, et il songea soudain à cette gaieté étrange, comme échappée de la tombe, cette gentillesse insensée qui tinte dans le rire des religieuses. « Je voudrais voir son visage », se dit-il. Et il frissonna à imaginer que la voix sans timbre, les paroles de fillette joueuse pouvaient sortir du masque convulsé, étincelant de sa colère et de ses belles couleurs, qui avait affronté le sien dans le nid de rochers...

– Vinca, écoute... Rentrons.

– Si tu veux. Encore un moment. Accorde-moi un moment. Je suis bien. Et toi ? Nous sommes bien. Comme c'est facile de vivre, la nuit ! Mais pas dans les chambres. Oh ! je déteste ma chambre depuis quelques jours. Ici, je n'ai pas peur... Un ver luisant ! Si tard dans la saison ! Non, il ne faut pas le prendre... Bête, qu'est-ce que tu as à tressaillir ! C'est un chat qui a passé, voyons. La nuit, les chats attrapent les mulots...

Il distingua un petit rire, et le bras de Vinca lui serra la taille. Il tendait l'oreille à tous les souffles, à tous les craquements, séduit, malgré son inquiétude, par ce chuchotement nuancé qui ne cessait pas. Loin d'appréhender l'ombre, Vinca s'y guidait comme dans un pays ami et connu, l'expliquait à Philippe, lui faisait les honneurs de minuit et le promenait ainsi qu'un hôte aveugle.

– Vinca chérie, reviens...

Elle jeta un tout petit « oh ! » de crapaud.

– Tu m'as appelée Vinca chérie ! Ah ! pourquoi ne fait-il pas nuit tout le temps ! En ce moment-ci, tu n'es pas le même qui m'a trompée, je ne suis pas la même qui a eu tant de peine... Ah ! Phil, ne rentrons pas tout de suite, laisse-moi être un peu heureuse, un peu amoureuse, sûre de toi comme je l'étais dans mes rêves, Phil... Phil... tu ne me connais pas.

– Peut-être que non, Vinca chérie...

Ils trébuchèrent sur une sorte de foin dur, qui craqua.

– C'est le sarrasin battu, dit Vinca. Ils l'ont battu au fléau aujourd'hui.

– Comment le sais-tu ?

– Pendant que nous étions à nous disputer, tu n'entendais pas le battement des deux fléaux ? Moi, je l'entendais. Assieds-toi, Phil.

« Elle, elle l'entendait... Elle était forcenée, elle m'a frappé au visage, elle m'a dit des paroles sans suite – mais elle entendait le battement des deux fléaux... »

Involontairement il compara, à cette vigilance de tous les sens féminins, le souvenir d'une autre habileté féminine...

– Ne t'en va pas, Phil ! Je n'ai pas été méchante, je n'ai ni pleuré ni reproché...

La ronde tête de Vinca, ses cheveux soyeux et égaux roulèrent sur l'épaule de Philippe et la chaleur d'une joue chauffa sa joue.

– Embrasse-moi, Phil, je t'en prie, je t'en prie...

Il l'embrassa, mêlant à son propre plaisir la mauvaise grâce de l'extrême jeunesse qui ne vise à combler que ses propres désirs, et la mémoire trop précise d'un autre baiser, qu'on lui avait pris sans le lui demander. Mais il connut contre ses lèvres la forme de la bouche de Vinca, le goût qu'elle gardait du fruit entamé tout à l'heure, l'empressement que mit cette bouche à s'ouvrir, à découvrir et à prodiguer son secret – et il chancela dans l'ombre. « J'espère, pensa-t-il, que nous sommes perdus. Oh ! soyons vite perdus, puisqu'il le faut, puisqu'elle ne voudra plus, jamais, qu'il en soit autrement... Mon Dieu, que la bouche de Vinca est inévitable et profonde, et savante dès le premier choc... Oh ! soyons perdus, vite, vite... »

Mais la possession est un miracle laborieux. Un bras furieux, qu'il n'arrivait pas à dénouer, liait la nuque de Philippe. Il secouait la tête pour s'en délivrer, et Vinca, croyant que Philippe voulait rompre leur baiser, serrait davantage. Il saisit enfin le poignet raidi près de son oreille, et rejeta Vinca sur la couche de sarrasin. Elle gémit brièvement et ne bougea plus, mais lorsqu'il se pencha, honteux, sur elle, elle le reprit et l'étendit contre elle. Là ils eurent une trêve charmante et quasi fraternelle, où chacun eut, pour l'autre, un peu de pitié et l'affabilité, la discrétion des amants éprouvés. Philippe tenait sur son bras, renversée, une Vinca invisible, mais sa main libre lissait une peau dont il n'ignorait ni la douceur ni les marques, écrites en relief par la pointe de l'épine et la corne du rocher. Elle essaya de rire un instant en priant tout bas :

— Laisse ma belle écorchure... Avec ça que c'est doux, déjà, le sarrasin égrené...

Mais il entendait son souffle trembler dans sa voix, et il tremblait aussi. Il retournait sans cesse à ce qu'il connaissait le moins d'elle : sa bouche. Il résolut, pendant qu'ils reprenaient haleine, de se relever d'un bond et de regagner la maison en courant. Mais il fut saisi, en s'écartant de Vinca, d'une crise de dénuement physique, d'une horreur de l'air frais et des bras vides, et il revint à elle, avec un élan qu'elle imita et qui mêla leurs genoux. Il trouva alors la force de la nommer « Vinca chérie » avec un accent humble qui la suppliait en même temps de favoriser et d'oublier ce qu'il essayait d'obtenir d'elle. Elle comprit, et ne manifesta plus qu'un mutisme exaspéré, peut-être excédé, une hâte où elle se meurtrit elle-même. Il entendit la courte plainte révoltée, perçut la ruade involontaire, mais le corps qu'il offensait ne se déroba pas, et refusa toute clémence.

17

Il dormit peu et profondément et se leva avec l'impression que toute la maison était vide. Mais en bas, il vit le gardien et son chien taciturne, et ses engins de pêche, et il entendit, au premier étage, la toux quotidienne de son père. Il se dissimula entre la haie de fusains et le mur de la terrasse et épia la fenêtre de Vinca. Une brise active chassait les nuages qui fondaient à son souffle ; en détournant la tête, Phil apercevait les voiles cancalaises couchées sur un flot court et dur. Toutes les fenêtres de la maison dormaient encore.

« Mais elle, est-ce qu'elle dort ? On assure qu'elles pleurent, après. Peut-être que Vinca pleure, à présent. C'est maintenant qu'il faudrait qu'elle se reposât sur mon bras, comme nous faisions sur le sable. Alors, je lui dirais : "Ce n'est pas vrai. Il ne s'est rien passé ! Tu es ma Vinca de toujours. Tu ne m'as pas donné ce plaisir, qui ne fut pas un très grand plaisir. Rien n'est vrai, pas même ce soupir et ce chant commencé, aussitôt suspendu, qui t'ont faite tout à coup lourde et longue comme une morte dans mes bras. Rien n'est vrai. Si, ce soir, je disparais au haut du chemin blanc, vers *Ker-Anna*, si je rentre seul avant l'aurore de demain, je m'en cacherai si bien que tu l'ignoreras... Allons nous promener sur la côte, et emmenons Lisette." »

Il n'imaginait pas qu'un plaisir mal donné, mal reçu, est une œuvre perfectible. La noblesse du jeune âge l'entraînait seulement au sauvetage de ce qu'il fallait ne pas laisser périr : quinze années de vie enchantée, de tendresse unique, leurs quinze années de jumeaux amoureux et purs.

« Je lui dirai : "Tu penses bien que notre amour, l'amour de Phil-et-Vinca, aboutit ailleurs que là, là, cette couche de sarrasin battu, hérissé de fétus. Il aboutit ailleurs qu'au lit de ta chambre ou de la mienne. C'est évident, c'est sûr. Crois-moi ! Puisqu'une femme que je ne connais pas m'a donné cette joie si grave, dont je palpite encore, loin d'elle, comme le cœur de l'anguille arraché vivant à l'anguille, que ne fera pas, pour nous, notre amour ? C'est évident, c'est sûr... Mais si je me trompais, il ne faut pas que tu saches que je me trompe..."

« Je lui dirai : "C'est un rêve prématuré, un délire, un supplice pendant lequel tu mordais ta main, pauvre petit compagnon, auxiliaire courageux de ma cruelle besogne. C'était pour toi un rêve, peut-être affreux ; pour moi, une humiliation pire, une volupté moins bonne que les surprises de la solitude. Mais rien n'est perdu, si tu oublies, et si moi-même j'efface un souvenir miséricordieusement voilé déjà par la nuit... Non, je n'ai pas serré tes côtes flexibles entre mes genoux ; mais prends-moi à califourchon sur tes reins, et courons sur le sable..." »

Quand il entendit, sur leur tringle, glisser les rideaux, il appela à lui son courage et réussit à ne pas détourner la tête...

Vinca parut, entre les contrevents qu'elle rabattit sur le mur. Elle cligna fortement des paupières à plusieurs reprises, et regarda devant elle avec une fixité passive. Puis elle enfonça ses mains dans l'épaisseur de ses cheveux, et retira, de leur désordre, une brindille sèche... Le sourire et la rougeur éclatèrent ensemble sur son visage qu'elle pencha entre ses cheveux mêlés, cherchant sans doute Philippe. Bien éveillée, elle prit dans la chambre un pichet de terre vernissée et arrosa avec soin un fuchsia pourpré qui fleurissait le balcon de bois. Elle consulta le ciel frais et bleu, qui promettait le beau temps, et se mit à chanter une chanson qu'elle chantait tous les jours. Entre les fusains, Philippe veillait, comme un homme venu là pour un attentat.

« Elle chante... Il faut bien que j'en croie mes yeux et mes oreilles, elle chante. Et elle vient d'arroser le fuchsia. »

Il ne songea pas un seul instant qu'une telle apparition, conforme à son vœu le plus récent, devait lui rendre la joie. Il ne s'arrêta qu'à sa déception et, trop novice pour l'analyse, s'obstina à comparer :

« Une nuit, je suis venu m'abattre sous cette fenêtre, parce qu'une révélation venait de tomber, foudroyante, entre mon enfance et ma vie d'aujourd'hui. Elle chante, elle chante... »

Les yeux de Vinca luttaient d'azur avec la mer matinale. Elle peignait ses cheveux et recommençait, à bouche fermée, sa petite chanson, son vague sourire...

« Elle chante. Elle sera jolie au déjeuner. Elle criera : "Lisette, pince-le au sang !" Ni grand bien ni grand mal... la voilà indemne... »

Il vit que Vinca, penchée, écrasait sa gorge sur le balcon de bois et se tendait vers la chambre de Philippe.

« Que je paraisse à la fenêtre voisine, que j'enjambe la balustrade pour la rejoindre et elle me jettera ses bras au cou...

« Ô toi que j'appelais "mon maître", pourquoi m'as-tu semblé plus émerveillée, quelquefois, que cette petite fille neuve, qui a l'air si naturel ? Tu es partie sans m'avoir tout dit. Si tu n'as tenu à moi que par l'orgueil des donateurs, tu aurais pitié de moi, pour la première fois, aujourd'hui... »

De la fenêtre vide venait un fredon faible et heureux qui ne le toucha pas. Il ne songea pas non plus que dans quelques semaines l'enfant qui chantait pouvait pleurer, effarée, condamnée, à la même fenêtre. Il cacha son visage au creux de son bras accoudé et contempla sa propre petitesse, sa chute, sa bénignité. « Ni héros ni bourreau... Un peu de douleur, un peu de plaisir... Je ne lui aurai donné que cela... que cela... »

**Achevé d'imprimer en Europe
à Pössneck (Thuringe, Allemagne)
en décembre 1994
pour le compte de EJL
27, rue Cassette 75006 Paris**

Dépôt légal décembre 1994

**1er dépôt légal dans la
collection: février 1994**

*Diffusion France et étranger
Flammarion*